지금
니 생각 중이야

지금 니 생각 중이야

나를 안아주는 따뜻한 시간

초판 1쇄 발행 2022년 12월 20일

지은이. 지금
펴낸이. 김태영
표지 그림. 이윤지

씽크스마트
서울특별시 마포구 토정로 222
한국출판콘텐츠센터 401호
전화. 02-323-5609

블로그. blog.naver.com/ts0651
페이스북. @official.thinksmart
인스타그램. @thinksmart.official
이메일. thinksmart@kakao.com

ISBN 978-89-6529-334-7 (03810)
© 2022 지금

•**씽크스마트 - 더 큰 생각으로 통하는 길**
'더 큰 생각으로 통하는 길' 위에서 삶의 지혜를 모아 '인문교양, 자기계발, 자녀교육, 어린이 교양·학습, 정치사회, 취미생활' 등 다양한 분야의 도서를 출간합니다. 바람직한 교육관을 세우고 나다움의 힘을 기르며, 세상에서 소외된 부분을 바라봅니다. 첫 원고부터 책의 완성까지 늘 시대를 읽는 기획으로 책을 만들어, 넓고 깊은 생각으로 세상을 살아갈 수 있는 힘을 드리고자 합니다.

•**도서출판 사이다 - 사람과 사람을 이어주는 다리**
사이다는 '사람과 사람을 이어주는 다리'의 줄임말로, 서로가 서로의 삶을 채워주고, 세워주는 세상을 만드는데 기여하고자 하는 씽크스마트의 임프린트입니다.

지금 니 생각 중이야

지금 지음

싱크스마트

가슴으로 씹으며 느끼는 중이야

"선생님, 진짜 좋은 책을 고르는 방법을 알려 주세요."

예전에는 좋은 책을 고르는 방법을 알려달라는 사람이 많았는데 이제는 '진짜'라는 말에 힘을 주며 묻는 사람이 많아졌다. 그럴 때, 나는 내 방식대로 말한다.

"읽다가 자꾸 걸려서 넘어지고, 책장을 덮게 만드는 책이 좋아요. 저는."

한 번에 후딱 읽어치울 수 있는 책이 좋은 책이라고 말한 적도 있었다. 그런데 나이를 먹어서 그런지 책을 읽다가 걸려 넘어질 때마다 나를 돌아보고, 나무라기도 하고, 위로받기도 하면서 턱턱 걸리는 책이 좋아졌다. 지금 님의 책을 읽으며 너무 많이 넘어져서 지금 나는 중상 상태로 깁스한 채 명상에 든다.

"인생이란 무엇인가?"

"답이 없다. 공짜도 없다. 비밀도 없다."

그럼 인생이란, 무엇인가? 지금 님의 글에서 나의 답을 찾았다. 매 순간 내가 어떤지 질문하고, 답하고, 실천해 가는 과정이다. 그게 인생이다. 남과 같아야 할 이유는 눈곱만큼도 없다. 지혜로운 조상이 모범답안을 내려준다 해도 그것은 그의 답일 뿐이다.

50에 여자 홀로 선다는 건 길을 잃은 것이 아니라 잃었던 길을 찾아가는 것이다. 우왕좌왕했던 여러 갈래 길에서 빛이 보이는 하나의 큰길을 혼자 걸어갈 수 있는 힘을 내보는 나이가 50세 그 이후이다. 그것을 용기라고 해두겠다. 20~40대까지는 용기라기보다 오기나 호기라고 하겠다. 오기와 호기가 성숙해져서 나타나는 힘이 용기이지 무모하게 휘두르는 힘을 용기라고 하지는 않는다. 정답은 없을지라도 자신만의 답은 있는 것이 인생이다.

남편의 그늘을 벗어나 혼자 살아가는 50대 여자에게 닥친 일은 시련이라기보다 공짜는 없다는 것을 배운 시간이다. 보이스피싱, 식당 설거지, 온몸을 짓누르는 통증, 통장에 남은 389원의 돈으로 살아내야 하는 것에 대하여 원망보다는 수용의 힘을 기르는 시간이었으니 참으로 비싼 수강료를 지불한 셈이다.

지금 님은 과묵한 사람이다. 10년이란 세월이 흘러도 겉과 속이 구분이 안 되니 뒤집어도 바로 해도 재미없다. 신이 잘못 빚어낸 사람인가 싶을 때도 있었다. 느리고, 감정도 둔해 보였는데 책을 읽다 보니 그 무던함은 '지금 가슴으로 느끼고 있는 중'이었던 모양이다.

나는 성격이 급하고 행동이 빠른 만큼 말도 빨라 지금님이 속 터질 때도 있었지만, 그녀는 매 순간, '지금을 꼭꼭 씹어 느끼고' 있었던 것이다. 남편과 헤어지고 애도 기간 3년을 넘기고 5년이 흘렀다. 이제 지금 님에게 비밀은 없다. 발가벗고 섰다. 북카페라는 작은 공간에서 문학이라는 거대한 들판을 겁도 없이 쑤욱 들여놓고 어쩌면 평생 비밀로 가져가고 싶었을 일들을 모든 사람에게 한 방에 털어놓다니. 그녀답지 않지만, 지금답다. 그래서 눈을 감고 느껴본다. 나는.
"지금 니 생각 중이야."

스토리텔링 작가 주인석

오십 '지금'의 해방일지

여자 오십이 되면 삶에 대한 자각이 생긴다. 이제 껏 남을 돌보며 살아온 시간을 되돌아보며 나를 위한 시간을 떠올리게 된다. 이제 누군가의 엄마, 아내, 딸이 아니라 오로지 나로서 살고 싶은 삶의 의지가 꿈틀거린다. 다른 사람이 내 인생을 위해 무언가를 해주기를 바라는 것은 지나친 기대라는 것을 깨닫게 된다. 저자 '지금'은 "인간의 불행은 단 한 가지, 고요한 방에 들어가 휴식할 줄 모르는 것에서 비롯된다"는 파스칼의 말처럼 모든 불행은 자기를 돌보지 못해서 시작되었음을 각성하고 오십에 홀로 인생을 다시 시작하기로 한다. 혼자 살겠다는 이야기를 그녀에게 처음 들었을 때는 무모하다고 생각했다. 그녀가 쓴 글에는 알 수 없는 허무와 파토스가 가득했다.

경주에서 '지금 니 생각 중이야'라는 작은 북카페를 운영하고 있는 저자는 지금이 좋아야 나중도 좋다고 믿는 담백한 사람이다. 오죽하면 필명을 '지금'으로 쓰겠는가? 저자에게 지금은 단순히 오늘이 아니다. 그녀에게 지금은 절실하고 소중한 전부다. 과거는 이미 지나갔고 미래는 아직 오지 않았다. 오직 지금이 전부다. 우리가 삶에서 궁극적으로 추구하는 것은 행복이 아니다. 그저 가는 걸음 자체로서의 경험이며, 좋고 나쁨에 상관없이 모든 경험을 기꺼이 제 것으로 받아 안는 자족과 감사이다. 아마도 그녀는 매일 글을 쓰며 밥을 먹고 지금 감사하며 살아갈 것이다.

이 책에는 중년에 자발적으로 혼자 살기를 선택한 여성이 매일 밥벌이와 고군분투하지만 홀로서기를 하는 과정이 고스란히 담겨 있다. 가슴이 시키는 대로 글을 썼기에 가슴으로 다가온다. 그리고 나를 따뜻하게 안아준다.

작가 오병곤

나도 지금 제철이다!

가는 봄날이 아쉬워 찾은 경주여행이었다. 보문호수를 거닐다 '지금 니 생각 중이야'라는 보라색 간판을 보고 나도 모르게 이끌려 들어간 북카페였다. 간판 이름처럼 젊은 아가씨가 지금 니 생각 중이었다는 눈빛으로 손님을 맞을 것 같았다. 하지만 내 또래의 중년인 그녀가 냉이꽃처럼 앉아 환하게 웃고 있었다.

카페에 들어서서 '지금 자신을 안아주는 따뜻한 공간입니다'라는 글을 보다 울컥했다. 나를 안아주는 공간이 필요했나 보다. 처음 보는 그녀에게 무장 해제되어 속도 없는 여자처럼 내 속내를 풀어내다 그녀의 이야기를 들었다.

생계도 해결하기 어려운 처지였던 그녀가 오롯이 나로 살기 위해 겪은 이야기가 나는 상상이 가지 않았다. 그녀가 혼자 사는 5년 동안 매일 자신의 일상을 묵묵히 쓴 글을 읽었다. 오십은 뭔가를 새롭게 시작하기 어려운 나이다. 그런데 지금 님은 나로 살고 싶어서 오십에 혼자 살기를 시작했다. "게만 제철이냐, 나도 제철이다."는 마음으로 '지금'을 살았다고 했다. 그녀는 코로나로 힘든 시기에 평생 꿈꾸던 '안아주는 공간'과 첫 책의 문을 열었다.

봄날은 짧다. 우리네 생도 머뭇거리기엔 너무 짧다. 그녀의 책이 나에게 이야기했다.

"지금 나를 안아주면 좋겠습니다."

북카페 50대 여성 **방문객**

지금 너 생각 중이야

오십이 되어서야 나를 안아주었다

나는 말이 없고 남편은 말이 많은 편이었다. 아내가 남편에게 하고 싶은 말이 많다는 것은 우리 이야기가 아니었다. 남편은 믿고 마음 편하게 아무 이야기나 할 사람은 나밖에 없다고 했다. 남편의 이야기를 들어주다 보면 새벽이 될 때도 많았다. 그러나 남편은 나와 있을 때만 그랬다. 다른 사람들 앞에서는 말수가 적었다.

누군가의 이야기를 묵묵히 들어주는 부모님을 보며 자랐다. 힘든 사람들이 우리 집에 와서 속 이야기를 털어놓았다. 고요히 누군가의 이야기를 들어주는 부모님이 참 좋았다. 그들을 따뜻하게 안아주는 듯했다. 나도 모르는 사이 부모님을 닮아갔다. 어른이 되고 나서 경청이 타인에게 해줄 수 있는 따뜻한 배려라는 것을 알았다.

부모님 덕분에 타인에 대한 배려가 깊게 배였던 모양이다. 평생을 그렇게 살았다. 내가 그런 사람이라고 생각해 본 적도 없었다. 그냥 사는 대로 살았을 뿐이다. 그런데 그와 부부로 함께 사는 시간이 길어지면서 자주 혼자 살고 싶어졌다. 나는 그와 함께일 때보다는 혼자일 때 더 좋았다. 몇 번 그러다 말 것이라 생각했는데 평생 그랬다.

그래서 오십에 자발적으로 혼자 살기를 선택했다. 한 번은 나로 살아보고 싶었다. 이유를 알고 싶어 하지 않고 그냥 혼자서 살았다. 그런데 어느 날 친구가 혼자일 때 자유롭고 나다운 이유가 무엇인지 물었다. 내 대답은 함께 살면 상대방을 배려하느라 나를 배려하지 못한다는 것이었다. 무심하게 대답하고 더는 생각하지 않았다.

그런데 밤에 달을 보다가 갑자기 눈물이 났다. 어쩌다 나는 여기서 혼자 앉아 달을 보며 울고 있는 걸까. 어쩌다 나는 30년 동안 남편을 배려하느라 나를 배려할 생각도 못 한 것일까. 어쩌다 나는 혼자 살고 싶은 이유도 모른 채 길 위에서 고군분투하며 살아낸

지금 니 생각 중이야

것일까. 어쩌다 나는 나도 이해되지 않는 내 이야기를 독자가 이해할만한 책으로 쓰려는 무모한 일을 하는 것일까. 그렇게 시작된 '어쩌다 나는'은 밤새도록 이어졌다.

몰랐다. 남편에 대한 배려를 그만두고 나를 배려하고 싶어서 혼자 살고 싶었다는 것을. 남편이든 타인이든 나는 그저 내가 좋아서 했을 뿐, 배려라고 생각하지 않았다. 그래서 남편에 대한 배려 때문에 힘든 줄도 몰랐다. 누군가와 함께 있으면 상대의 힘듦이 내 일처럼 느껴져서 내가 어떤지 생각하지 못했다.

나에겐 부모님께서 주신 온기가 가득했다. 덕분에 따뜻하게 살았다. 내 안의 온기로 누군가 함께 따뜻해지는 것이 참 좋았다. 그런데 50년 동안 쓰고 나니 누군가를 데워줄 온기가 남아 있지 않았다. 채우지 않고 꺼내 쓰기만 해서 그랬나 보다.

남편에게 향하던 온기가 다 식으니 내가 보였다. 둘이 살고 싶어 하는 그를 떠났다. 나는 혼자 있을 때만 나를 배려했다. 누군가와 함께 있으면 나보다 상대가 먼저라서 그랬다. 그래서 미셸 푸코의 "수선스럽고 번잡한 곳에 자기를 두지 않는다."는 자기 배려가 그토록 좋았던 모양이다.

나는 함께 보다는 혼자일 때 충만했다. 나처럼 늦은 나이가 될 때까지 자신을 안아주지 않으면 지금 웃지 못할지도 모른다. 혼자 사는 것이 자기를 안아주는 정답은 아니다. 나에게 필요한 자기 배려였을 뿐이다. 나는 오십이 되어서야 혼자 살며 나를 안아주었다.

내가 그래서인지 자신을 희생하며 살아가는 중년 여성들에게 마음이 간다. 그녀들은 육십이 되어도, 칠십이 넘어도 자신을 배려한다는 생각도 못한 채 세상을 떠날 듯하다. 할머니와 엄마도 그렇게 살다 가셨다. 그분들의 지친 숨소리가 내 숨소리처럼 들린다. 둘이 살든 혼자 살든 자신을 안아주는 시간이 있어야 지금 웃을 수 있다. 지금이 좋아야 나중도 좋다고 믿는다. 누군가 내 이야기를 읽고 살아내느라 수고한 자신을 매일 따뜻하게 안아준다면, 나는 설익은 글을 세상에 내어놓은 것을 민망해하지 않을 것이다.

이 책은 오십에 혼자 있는 시간의 힘으로 인생을 리셋 하는 과정이 담겨 있다. 고군분투하며 몸, 밥벌이, 마음을 독립시켰다. 나로 살기 위해서 매일 글을 썼다. 글쓰기는 나를 안아주는 군불이 되었다. 5년쯤 지나니 나만의 아랫목에서 책이 한 권 나왔다. 오십이 넘어서 선택한 혼자 있는 시간의 충만함 덕분이었다. 나만 품고 살기에는 참 따뜻한 시간이라서 책으로 출간하게 되었다. 이 책이 누군가를 안아주는 군불이 되기를 소망한다.

목차

물들지 않는 사이

1장

혼자 사니 보였다

한번은
나로 살기

어릴 때 창호지 문 가운데 자리한 조그만 창문에 눈을 바짝 대고 밖에 있는 풍경을 보았다. 조그만 창문 안에서 산, 하늘, 밭, 마당의 꽃들이 숨을 쉬고 있었다. 날마다 다르게 피어나는 바깥 풍경을 보는 것이 참 좋았다. 밖에서 살아내는 것들의 자유로움이 매력적이었다.

무언가에 갇히면 길들여진다. 그것이 세상의 전부라고 믿기 때문이다. 그래서 길들여지는 것도 모르고 살아간다. 무리 속에 갇혀 살며 자신만의 고유한 색깔을 잃고 있다. 나에게 가장 힘이 센 것은 부부라는

지금 니 생각 중이야

이름으로 길들여지는 것들이었다. 그렇게 길들여지는 것은 내가 사물로 변하는 슬픈 시간이었다.

　우리는 부부로 오래 살면서 세간살이로 변했다. 서로를 길들여서 의존하게 만들고, 결국엔 자신을 잃어가는 부부로 살았기 때문이다. 자기답게 꽃필 수 있는 마음자리를 비워 두는 부부로 살아내지 못했다. 누군가와 한집에서 함께 오래 산다는 것은 내 안의 자유를 묶어두는 일이었다.
　밖에서 자유롭게 살아내는 것들이 나답게 보였다. 그래서 집 안에서 의존하고 그가 원하는 사람으로 살아가는 나를 무색하게 했다. 나도 한번은 나답게 살아보고 싶었다. 누군가의 아내로 오래 살면서 간절히 꿈꾸던 일이었다. 집안에서 자유가 오기만을 기다리는 것은 이제 그만, 나는 스스로 자유가 되어 밖으로 나가고 싶었다.

　"이제부터 혼자 살고 싶어."

　오십에 선택한 혼자 살기였다. 두 아들이 성인이 되고 그가 나를 보내줄 때까지 기다렸다. 내가 그에게 부부의 인연을 마치는 선물로 말했던 것은 단 하나, 혼자서 자유롭게 살기였다. 오랜 기다림 끝에 남편과 두 아들의 응원을 받으며 30년 부부로 살았던 그의 곁을 떠났다. 내 생애 가장 감동적인 선물이었다.

둘이 살고 싶은 그가, 나에게 준 자유였다. 그에게 경제적 지원을 받지 않았다. 그를 혼자 두고 집을 떠나는 것이 미안해서 그랬다. 그에게 혼자 살기가 어떤지 알기에 자유만 받는 것도 가슴이 아렸다. 그가 주었던 경제적 안정은 버리고 자유만 들고 길 위로 나왔다.

혼자 사는 자유가 좋아서 나이를 잊고 아내였던 것도 잊고 엄마인 것도 잊었다. 나는 세상에서 가장 폭력적인 말이 '며느리답게, 아내답게, 엄마답게'라는 것에 공감했다. '누구답게'에서 '누구'를 꺼내어 하나씩 버려보았다. 며느리답게를 떼어냈다. 아내답게를 버렸다. 엄마답게도 옆으로 젖혔다. '나답게'만 자유롭게 살아서 움직였다.

그와 나 사이를 무어라고 하겠는가!

남해 밖에서 남해를 본다. 남해 안에 있을 때는 남해가 보이지 않았다. 남해의 품만 보였다. 거리를 두고 남해를 보니 남해가 내 것이 아니라 그냥 남해로 보인다. 예전에 알았던 남해가 아니다. 남해의 품이 따뜻해서 오래 머물고 싶었다. 귀촌해서 평생 살고 싶을 정도로 남해를 좋아했다.

지금은 그냥 남해는 남해고 나는 나다. 남해는 남해의 길을 가고 나는 나의 길을 가는 자유가 남해와 나 사이에 살고 있다. 남해와 나 사이에서 그와 나 사이를 본다. 예전처럼 남편의 품 안에 안기고 싶지 않다. 따뜻함은 잠깐이고 이내 답답해져 지금의 남해와 나처럼 거리를 두는 게 좋다. 그 거리가 바람이 통할 수 있는 자유를 선물로 주었다. 가끔은 추위를 혼자서 견뎌내기도 했다. 그래도 그와 나 사이는 이만큼의 거리가 나를 안아주는 시간이다.

오늘은 시 한 편이 내 품에 들어와서 자리를 잡고 앉아 있다. 그래서 필사하며 내게 이유를 물어보았다.

아내와 나 사이

이생진

아내는 76이고
나는 80입니다
지금은 아침저녁으로 어깨를 나란히 하고
걸어가지만 속으로 다투기도 많이 다툰 사이입니다

요즘은 망각을 경쟁하듯 합니다
나는 창문을 열러 갔다가
창문 앞에 우두커니 서 있고
아내는 냉장고 문을 열고서 우두커니 서 있습니다
누구 기억이 일찍 돌아오나 기다리는 것입니다

지금 니 생각 중이야

그러나 기억은 서서히 우리 둘을 떠나고
마지막에는 내가 그의 남편인 줄 모르고
그가 내 아내인 줄 모르는 날도 올 것입니다

서로 모르는 사이가
서로 알아가며 살다가
다시 모르는 사이로 돌아가는 세월
그것을 무어라고 하겠습니까
인생?
철학?
종교?
우린 너무 먼 데서 살았습니다.

혼자 있는 그가 생각나서 그런 모양이다. 아직도 친구가 아니라 부부로 살기를 원하는 그에게 미안해서 이 시를 오래 붙잡고 있었나 보다. 혼자서 이생진처럼 우두커니 서 있을 그의 모습이 내 가슴에 아리게 살고 있다.

그런데 혼자 살아보니 둘이 보인다. '그와 나 사이'도 보인다. 둘이 살 때는 혼자인 나만 보였는데, 혼자 오래 살아보니 둘이 보이고 그가 보인다. 먼 데서 살다가 비로소 가까이 사는 듯하다. 이것을 무어라 해야 할지 나는 모른다.

우리가 서로에게 해줄 수 있는 따뜻한 거리는 울산에서 경주 사이인지도 모른다. 바짝 앉아서 지켜보는 물은 잘 안 끓는다. 빤히 쳐다보며 지켜본다는 것은 그 사람을 믿지 못하는 마음, 너는 틀렸고 나만 옳다는 마음, 너를 내 틀에 가두겠다는 마음이다. 그것은 서로를 불행하게 만들고 더는 성장하지 못하게 감옥에 가두는 일이다. 사람이든 사물이든 누군가의 소유물이 아니라 존재하는 그대로 자유로울 때 살아있다.

우리 부부가 힘들었던 이유도 바짝 붙어서 지켜보며 '빨리 끓어라' 조바심을 냈기 때문인지도 모른다. 관계의 심리적 거리는 존중이고 기다림이다. 아무것도 재촉하지 않고, 아무것도 요구하지 않고, 그냥 조금 떨어져서 좋아하는 일에 몰두하며 자기답게 살아가는 시간이다. 물은 때가 되면 스스로 알아서 끓을 것이다.

지금 니 생각 중이야

김 작가와 하숙생

눈을 뗄 수 없었다. 단풍에 빠져서 내 눈이 붉게 물들었다. 단풍은 창창한 나무가 보여줄 수 있는 생의 마지막 작품으로 보였다. 남아 있는 가슴속 푸른 열정을 끌어모아서 나뭇잎으로 다 보내고 있는 듯했다. 그 열정이 붉게 타올라 단풍이 되었을지도 모른다.

그가 거울 앞에서 떠날 줄을 몰랐다. 비비크림을 바르고 머리카락을 세우고 향수를 뿌렸다. 한참 옷을 고르더니 잘 어울리는지 봐달라고 했다. 노란 티셔츠를 입고 빨간 재킷을 걸쳤다. 카우보이 모자와 선글라스를 쓰더니 내 앞에서 연예인처럼 포즈를 취했다.

마치 모든 사람이 자신만 바라보기를 바라는 단풍처럼 보였다.

무엇이 그를 달라지게 했을까. 그는 골프를 배우고 싶어 했다. 어렵게 말을 꺼내고는 내 눈치만 살폈다. 그는 허리와 손목이 약해서 오랫동안 통증에 시달리고 있었다. 승부욕이 강해서 몸이 상해도 멈추지 못하는 성향이었다. 골프는 중독성이 강한 운동이라서 더 걱정스러웠다. 그래서 골프를 하지 않기를 바랐다. 그에게 내 마음을 전했다. 그는 무척 실망했지만 받아들이는 것 같았다.

그가 날마다 늦게 들어왔다. 헬스장에서 운동하는 줄 알았다. 나는 한 치의 의심도 없었다. 그런데 믿는 도끼에 발등이 찍혔다. 그는 마음이 불편해서 견딜 수가 없다며 속마음을 털어놓았다. 그동안 나를 속이고 골프를 배웠다는 것이다. 그는 골프를 하고 싶은 마음을 멈출 수 없다고 했다. 건강에 이상이 오면 골프를 그만둔다고 철석같이 약속했다. 나는 마지못해 받아들였다.

그는 마음 편하게 골프를 배우러 갔다. 하지만 약속은 지키지 않았다. 직장에서 일하는 시간 외에는 골프장에서 살았다. 자정이 넘어서 들어오는 것은 빠른 편이었고, 새벽을 훌쩍 넘기고 올 때도 많았다. 주말도 골프장에서 종일 연습했다. 몇 개월이 지나니 골프동호회도 가입했다. 회원들과 스크린골프를 치고, 푸른 잔디가 부른다며 필드에 나갔다. 그는 골프를 잘 쳐서 사람들 관심을 한 몸에 받았다. 그날부터 그의 옷에 단풍이 들기 시작했다.

그의 겉모습은 날이 갈수록 화려해졌다. 그러나 몸속은 통증 때문에 구석구석 잿빛으로 물들어갔다. 견디기 힘들어지면 병원에 가서 주사를 맞고 골프를 치러 갔다. 그는 골프를 잘 쳐서 사람들의 주목을 받는 것을 좋아했다. 나는 쉬어야 한다고 간절히 말했다. 아들이 못 걸었던 3년이 가족의 건강을 염려하는 마음을 더 커지게 했기 때문이었다. 그러나 그의 귀에는 내 말이 들리지 않았다. 그는 계속 밖으로 돌았다. 우리는 얼굴을 보면 서로에게 상처 주는 말만 했다.

집안에 냉기가 흘렀다. 그가 열흘이 넘도록 침묵하고 있었다. 내가 그에게 하지 말아야 할 말을 한 이후부터였다. 아무리 생각해도 무슨 말을 했는지 기억나지 않았다. 그래서 당한 사람만 아프다고 하나 보다. 그는 말을 하지 않고 지내는 것을 가장 힘들어하는 사람이었다. 나와 다투고 난 후에도 언제나 먼저 다가와서 말을 걸었다. 하루 이틀 그러다 말 것이라고 생각했다. 그는 오래도록 침묵을 깨지 않았다.

밖으로 뛰쳐나갔다. 자정이 넘은 시간이었다. 그대로 집에 있다가는 숨이 막혀 죽을 것만 같았다. 그는 여전히 무관심했다. 예전 같으면 걱정이 되어서 붙잡거나 따라 나왔을 것이다. 그날은 꿈쩍도 하지 않았다. 혼자 길 위를 떠돌면서 누구라도 이런 집은 들어가고 싶지 않을 것이라고 생각했다. 그에게도 내가 기다리는 집이 그런 집이었나 보다.

새벽이 되어 집으로 들어갔다. 갈 곳이 없어서 집으로 갈 수밖에 없었다. 그는 코를 골며 단잠에 빠져 있었다. 부부는 돌아서면 남이 된다고 하더니, 그의 등이 남처럼 낯설게 보였다. 부부가 남이 되는 것은 이렇듯 사소한 것에서 시작되는지도 모른다. 그의 등은 벽처럼 견고해 보여서 내가 들어갈 틈이 보이지 않았다.

그의 무관심 속에서 나는 시들어갔다. 그가 언제나 나의 햇살이 되어줄 거라고 믿었다. 그래서 그가 나에게 관심을 보일 때마다 귀찮다고 투덜대며 하지 말아야 할 말까지 편하게 했다. 그의 무관심 속에서 한 달을 견디면서 그의 관심이 소중하다는 것을 깨달았다. 무엇을 해도 시린 가슴이 데워지지 않았다.

겪어봐야 안다고 했던가. 그제야 그에게 무관심했

던 내가 보였다. 내가 하고 싶은 일에 빠져 있어서 그의 마음을 보지 못했다. 그는 아무도 기다려주지 않는 집에 들어와 혼자 밥을 먹었다. 그는 생의 가을로 접어들면서 함께 마주 앉아서 밥을 먹고 싶다는 말을 자주 했다. 누군가는 그것이 '사랑'이라고 했다. 그런데 나는 그의 말을 건성으로 들었다. 함께 먹는 밥이 그리운 그의 허기를 채워주지 못했다.

설 곳을 잃고 떠도는 그가 보였다. 그에게 조심스럽게 다가갔다. 그는 쉽게 마음을 열지 않았다. 내가 한 말 때문에 자존심이 크게 상했다고 했다. 나도 모르는 사이에 그를 오래 살아온 물건처럼 대하고 있었던 모양이었다. 내가 그에게 그런 대상이 되기 전에는 몰랐던 일이었다. 세간이 되려고 결혼한 것은 아닐 텐데 말이다. 무심함이 지나쳐서 사람을 사물로 대하며 살고 있었다.

그는 존재감을 찾고 싶었나 보다. 자신이 살아있다는 것을 느끼고 싶어서 골프를 시작한 듯했다. 나는 그의 마음을 읽지 못했다. 골프중독에서 벗어나야 그의 건강을 지킬 수 있다는 생각만 했다. 그가 집에 들어오면 밖에서 바람이라도 피운 것처럼 몰아세웠다. 그는 그런 나와 함께 있고 싶지 않아서 밖으로 떠돌았다.

그에게 필요한 것은 따뜻한 관심이었는지도 모른다. 그는 나를 '김 작가'라고 불렀다. 글쓰기에 빠진 나를 보고 지어준 애칭이었다. 나는 그를 '하숙생'이라고 불렀다. 애칭에는 상대에 대한 마음이 담겨 있다. 하숙생은 탓하고 원망하는 마음이 느껴진다. 그는 '김 프로'라고 부르면 가장 좋아했을 것이다. 관심은 상대가 원하는 것을 주는 마음에서 시작되는 듯하다.

그가 골프 치러 갈 준비를 마치고 현관 앞에 서 있었다. 생의 겨울을 맞이하기 전에 자신의 존재를 마지막으로 뿜어내는 단풍으로 보였다. 나는 그때 그저 바라볼 뿐 아무 말도 하지 못했다.

지금이라면 그에게 다가가 이렇게 말하지 싶다.

"김 프로님, 대빵 멋져요!"

내 말에 소년처럼 붉게 타오를 그의 얼굴이 선명하게 그려진다.

내 자리

집이 위험해졌다. 환경에 따라 믿음도 변하나 보다. 처음 경험한 큰 지진에 놀라서 그들은 집을 버렸다. 학교 운동장에 집을 버린 사람들이 모여 있었다. 그들은 지진에 대한 두려움에 빠져서 집은 잊어버린 듯했다. 쉽게 집으로 돌아가지 못하고 오래도록 학교 운동장을 서성였다.

"집에 빨리 가봐라."

지진이 일어난 뒤 그에게 온 문자였다. 집 앞에 도착하니 사람들이 다 나와 있었다. 집에 들어가려고 하자 위험하다며 말렸다. 남편이 집이 괜찮은지 보라고 해서 가야 한다고 했다. 사람 목숨이 먼저지 집이 뭐가 중요하냐며 또다시 말렸다. 우연히 만나면 인사만 나누었던 이웃 사람들이었다. 그들이 가족처럼 내 걱정을 하고 있었다.

그제야 내 안전보다 집을 더 걱정하는 그가 보였다. 오래 함께 살았는데도 보고 싶다는 말을 자주 했던 사람이다. 내가 아프면 밤새도록 내 곁을 지켰다. 그런 사람이 지진이 일어난 날, 내 안부는 묻지 않고 집이 무사한지 가보라고 한 것이다. 그에게 집은 가족을 지켜내는 가장 믿음직한 자리였던 모양이다.

그는 세 평 남짓한 산동네 단칸방에 나를 심었다. 그가 처음으로 살게 해준 집이었다. 보증금 백만 원에 월세 칠만 원짜리 방이었다. 그는 첫 월급이라며 삼십삼만 원을 내밀었다. 처음엔 함께 있다는 것만으로도 좋아서 미래는 그리 가깝게 존재하지 않았다. 그러나 하루에 삼천 원 이상 쓰지 않고 살아간다는 것이 내 마음을 한없이 팍팍하게 만들었다. 그에게 쉴 수 있는 마음자리를 내어주지 못했다.

그와 나 사이에 아기가 생겼다. 우리의 상황은 아기를 맞이할 준비가 덜 되어 있었다. 머지않아 부모가 된다고 생각하니 마음이 더 조급해졌다. 아기가 태어나기 전에 전세방으로 이사를 가고 싶었다. 무리해서 적금을 넣었다. 그런데 시간이 갈수록 그날이 더 멀어지는 것 같았다. 아기는 청춘인 그에게 부모의 자리에 살게 했다.

배 속의 아기가 커지는 만큼 미래에 대한 불안함도 함께 커갔다. 정기검진을 하기 위해 산부인과를 갈 때마다 아기보다 병원비를 먼저 걱정했다. 마음이 허기지니 그런 것일까. 먹고 싶은 것도 많았다. 비싼 것은 더 간절하게 먹고 싶었다. 임신한 유세를 부리는 다른 임산부를 부러워할 마음의 여유도 없었다. 그와 나는 날마다 가계부를 사이에 두고 줄다리기를 했다. 부부로 살아간다는 것은 서로에게 줄 수 있는 마음자리를 조금씩 잃어가는 일인지도 모른다.

그와 심하게 말다툼을 하고 집을 나갔다. 무작정 걷다 보니 바닷가에 도착해 있었다. 매서운 겨울바람이 온몸을 스치고 지나갔다. 결혼을 후회하는 마음이 파도보다 더 빠르고 거세게 몰아치고 있었다. 그가 만들어준 집에서 도망치고 싶었다. 그때 아기가 발길질을 했다. "엄마, 나 여기 있어요." 하는 것 같았다.

그가 두리번두리번 나를 찾아왔다.

"감기 들면 어쩌려고……."

아버지가 딸을 야단치듯 호통을 쳤다. 그는 나에게 외투를 입히고 목도리로 목을 감싸주었다. 나는 멍하니 서서 그의 발을 내려다보았다. 그는 추리닝을 입고 맨발에 슬리퍼를 신고 있었다. 급했던 그의 마음이 발끝에서 시리도록 내게로 왔다. 나는 옷을 두껍게 입고 서 있으면서도 한없이 떨고 있었다.

그는 자동차 만드는 현장에서 엔진을 만들었다. 한 달의 반은 밤 근무를 했다. 밤에 잠을 못 자고 일을 한다는 것이 몸을 얼마나 축나게 하는 일인지 겪어본 사람들은 알 것이다. 누군가를 위해서가 아니라 자신만을 위해 살아야 하는 스물여섯 푸른 나이였다. 그는 손에 기름때가 지워질 틈도 주지 않고 일을 했다. 누군가의 아버지로 사는 일은 나이가 어려도 봐주는 법이 없었다.

그는 집안일도 스스럼없이 도왔다. 기저귀 빠는 것, 방걸레질, 설거지 같은 것도 마다치 않고 했다. 수돗물은 자정부터 새벽 네 시까지만 나왔다. 나는 밤마다 잠을 설치며 고무대야에 물을 받았다. 세탁기 한 번 써보는 것이 작은 소망이었던 시절이었다. 내 자리가 고단해서 그의 자리가 보이지 않았다.

그는 날마다 깊은 잠을 자지 못했다. 아이가 자주

지금 니 생각 중이야

울었고 금방 그치지 않았기 때문이었다. 그는 낮에 검은 안대를 쓰고 잠을 청했고, 나는 아이를 업고 밖으로 나돌았다. 아이가 마음 놓고 놀 수 있는 자리를 만들어주는 것이 그의 꿈이었다. 그래서 주말에도 쉬지 않고 일을 했다. 방 두 개가 있는 전세방으로 하루빨리 이사를 가기 위해서였다.

사 년이 지나서 전세방으로 이사 갔다. 무엇보다 방이 두 개인 것이 너무 좋았다. 우리는 내 집을 마련한 것처럼 기뻐했다. 그에게 편하게 누울 수 있는 자리가 생겼다. 나와 아들에게도 마음 편하게 앉을 수 있는 자리가 생겼다. 나는 그제야 보금자리의 의미를 알았다.

오랜 시간이 지나고 그토록 꿈꾸던 우리 집을 장만했다. 그는 안도감을 느끼며 숨을 돌렸다. 그 기쁨도 그리 오래가지 못했다. 아들이 걷지 못하는 병에 걸려서 삼 년 넘게 치료를 받아야 했기 때문이었다. 그는 전보다 더 강하게 가장의 자리를 지키려고 노력했다. 그래야만 아들이 예전처럼 걸을 수 있게 된다고 믿었다.

그 사이 둘째 아들도 태어났다. 그는 아픈 아들과 갓 태어난 아기의 아버지가 되었다. 그가 더 바쁘게 움직였다. 주말에는 24시간 철야를 했다. 야간근무를 하고 나와서 잠도 제대로 못자고 아들을 데리고 학교와 병원을 다닐 때도 많았다. 그가 작고 마른 몸이라서 쓰러질까 걱정이 되었다. 하지만 그는 더 단단해져 갔다. 어디에서 그런 힘이 솟아나는지 알 수 없었다. 다행히도 아들은 다시 걸을 수 있게 되었다. 그는 가장의 자리에서 30년 동안 가족을 지켜냈다.

그가 만들어준 집으로 들어갔다. 집을 찬찬히 살펴보았다. 규모 5.9 지진이 왔다 간 흔적이 없었다. 더 큰 지진이 와도 무너지지 않을 듯했다. 그가 고생해서 만들어준 내 자리였다. 그에게 답장을 보냈다.

"우리 집 괜찮아요."

벚꽃 쌈밥

　그와 말다툼을 했다. 나는 가족끼리만 오붓하게 여행을 가고 싶은데 그는 시댁 식구들과 함께 가고 싶어 했기 때문이었다. 그가 내 마음을 이해해주지 못하는 것 같아서 섭섭했다. 그와 잠시 떨어져서 생각해 볼 수 있는 시간을 갖는 것이 좋을 것 같아서 집을 나섰다.

　마음이 울적한 날이면 내가 좋아하는 옛길로 드라이브를 갔다. 그곳에 도착하니 싱그러운 초록이 나를 반겼다. 창문을 열고 자연이 주는 신선한 바람을 마음껏 들이마셨다. 천천히 가면서 5월이 만들어준 초록 터널을 지나갔다. 어둡던 내 얼굴에 웃음꽃이 피었다. 잊고 있었던 추억 하나가 떠올랐다.

옛길의 나무들이 화려한 벚꽃을 선물해주던 날 밤이었다. 그가 새벽 1시에 퇴근해서 오늘 가면 가장 예쁠 것 같다며 갑자기 벚꽃을 보러 가자고 말했다. 내가 밤에 벚꽃을 보면 너무 좋아서 감탄사를 외친다는 것을 알기 때문이었다. 고등학교 3학년인 작은 아들에게도 벚꽃을 봐야 머리가 맑아진다며 함께 가자고 말했다.

그는 옛길에 들어서자 내가 좋아하는 노래를 잔잔하게 틀어주고 스르르 창문을 열면서 아주 느리게 벚꽃 길을 지나갔다. 그 순간 그의 얼굴이 벚꽃보다 더 예뻐 보였다. 그때 차 한 대가 우리처럼 느리게 지나갔다. 그가 개구쟁이처럼 말했다.

"저기 나 같은 미친놈 가네."

그의 말이 재밌어서 작은아들과 나는 한참을 웃었다. 벚꽃을 보는 것보다 가족과 함께 마음을 나누는 것이 더 좋았던 밤이었다.

다음 날, 그에게 어제 갔던 벚꽃 나무 아래에서 꽃

눈을 보면서 삼겹살을 구워 먹고 싶다고 했다. 금방 비가 내릴 것 같이 먹구름이 끼어 있고 쌀쌀한 날이었다. 그런데 그는 흔쾌히 그러자고 했다. 나는 신이 나서 후다닥 준비해서 그곳에 갔다.

마음에 드는 벚꽃 나무 아래에 돗자리를 깔고 앉았다. 그는 난감한 표정으로 여기서 먹으면 지나가는 차들이 모두 우리만 쳐다볼 것 같으니 좀 더 깊은 곳으로 들어가자고 했다. 나는 어린아이처럼 싫다고 떼를 썼다. 그는 그러면 조금이라도 안 보이도록 가려야겠다며 차를 돗자리 옆에 세우고 삼겹살을 구웠다. 상추쌈을 싸는데 그 속에 꽃잎이 떨어졌다. 꽃잎이 예뻐서 먹기가 미안했지만, 야무지게 싸서 맛있게 먹었다. 그가 말했다.

"신랑 쪽팔리게 도로가에서 삼겹살 굽게 하고 벚꽃 쌈밥 먹으니 좋냐?"

나는 대답 대신 벚꽃처럼 환하게 웃었다.

그는 한참 동안 고기를 굽다가 갑자기 생각났다며 이곳에서는 불을 사용할 수 없다고 말했다. 나는 오늘만 몰래 살짝 구워 먹고 가자고 했다. 그런데 내 말이 끝나기가 무섭게 사이렌 소리가 울렸다. 산불감시

차가 우리 곁으로 가까이 다가오면서 이곳은 취사가 금지된 구역이고 산불을 예방해야 한다고 말했다.

나는 간이 콩알만 해졌다. 들킬까 봐 얼른 일어나서 내 몸으로 버너를 가렸다. 다행히도 산불 감시차는 그냥 지나갔다. 그는 산불감시원이 알면서도 방송으로 경고만 하고 지나간 것 같다고 했다. 그날 우리는 공범이 되어 무사히 벚꽃 쌈밥을 먹은 것에 안도하며 노후에 기억할 만한 재밌는 추억 한 페이지를 만들었다.

그곳에서 그와 함께 나누었던 행복한 추억을 하나둘 떠올리다 보니 섭섭했던 마음이 봄눈 녹듯 사라졌다. 집으로 돌아와서 그에게 말했다. 시댁 식구들과 함께 여행을 가서 당신이 행복하게 웃을 수 있다면 나는 기꺼이 당신 뜻을 따르겠다고. 그는 환하게 웃으며 내일 해외여행이라도 보내주는 사람처럼 목에 힘을 주고 말했다.

"내일 밤에는 우리 마누라 좋아하는 개구리 소리 실컷 들을 수 있는 곳으로 드라이브 가자."

개구리 소리보다 더 좋았던 그의 마음이었다.

그와 5년을 연애하고 결혼했다. 우리는 결혼만 하면 서로를 아끼고 배려해주는 부부가 될 줄 알았다. 그러나 함께 살아보니 달콤하고 행복한 날보다는 상대방의 잘못을 탓하며 싸우는 날이 더 많았다. 부부로 살아간다는 것은 서로에게 주던 따뜻한 마음자리를 조금씩 잃어가는 시간이었다.

옛길은 누구와 함께 가는지에 따라 느낌이 달랐다. 가족이나 친구와 함께 갈 때도 좋지만, 나는 혼자서 그 길을 가는 것을 즐겼다. 그곳에 가면 온전하게 나 자신과 만나서 대화할 수 있고 깊이 사색하게 되기 때문이었다. 그리고 자연이 주는 사계절의 아름다움을 만날 수 있어서 답답하고 우울할 때 저절로 마음이 맑아졌다. 그러나 내가 그곳에서 자연을 벗 삼아 치유될 수 있었던 것은 그의 따뜻한 배려와 사랑 덕분이었다.

그는 옛길로 나를 데려가는 것이 나를 위해 할 수 있는 가장 큰 선물이라고 생각했다. 그래서 나에게 미안한 일이 있을 때, 내가 우울해 보일 때, 애정 표현을 하고 싶을 때, 부탁하고 싶은 일이 있을 때 나를 데리고 옛길로 갔다. 그와 그곳에 가면 연애할 때처럼 마음이 설렜다. 우리는 그곳에서 멋진 신랑과 어여쁜 각시가 되었다.

　이제는 다 지나간 추억이 되었다. 혼자 살면서 벚꽃 쌈밥을 못 먹어서 아쉬웠다. 꽃눈이 내리면 벚꽃 쌈밥이 먹고 싶어진다.

혼밥

어릴 때는 '폭염'이라는 단어를 쓰지 않았다. 그냥 더우면 여름이라서 더운가 보다 하며 살았다. 더위의 정도와는 무관하게 잊지 않도록 지속적으로 전해주는 폭염 알림 때문에 체감온도가 더 높아졌다. 문자로 알려주는 것은 부족하다 싶은지 네이버 검색창 밑에 폭염을 알리는 서비스까지 해준다. 개인의 생각을 반영하지 않고 모두에게 제공된다. 이런 것들이 더 폭염인지도 모른다.

알림을 부탁한 적이 없다. 그들은 나에게 좋은 것이라고 생각해서 하는가 보다. 나는 원하지 않는 알림이다. 이렇듯 누군가에게 좋으리라 생각해서 주는 것들이 많았다. 그도 그랬다. 나도 그랬다. 우리는 상대가 원하지 않는 것을 주는 부부로 오래 살아왔다.

그래서 혼자 앉아서 냉칼국수가 먹고 싶었다. 새콤달콤하고 시원했다. 적당히 익힌 열무김치의 식감도 좋았다. 혼자 먹은 냉칼국수가 준 위로는 컸다. 문득 무엇이 계속 그곳을 찾게 한 것인지 궁금해졌다. 단순하게 더위 때문에 시원한 것이 먹고 싶어서 온 것은 아니었다. 날씨와는 무관하게 그와 나 사이에 존재하는 폭염에 지쳐서 왔을지도 모른다.

소설 <종이달>에 붙잡혔던 것도 부부 사이의 폭염 때문이었다. 동병상련이 느껴져서 영화도 찾아서 보았다. 여자 주인공 리카는 고타가 좋아할 거라고 생각한 것들을 지나치게 많이 해주었다. 고타는 한 번도 해달라고 한 적이 없는데 자신이 좋으니 고타도 좋을 것이라고 믿었다. 어느 날 고타가 울면서 리카에게 말했다.

"이 집에서 나가고 싶어."

고타는 리카가 만들어준 집에서 나가기를 간절히 원했다. 나는 마치 고타가 되어 살아본 듯, 고타의 마음이 저절로 이해가 되었다. 나도 고타처럼 그가 만들어준 집에서 나가고 싶었다.

　사람들은 누군가에게 뭔가를 해줄 때 자신이 좋을 거라고 생각한 것을 준다. 그러나 그것은 그 사람에게 좋은 것이 아닐 수도 있다. 오히려 자신이 생각하기에는 좋지 않은 것을 주는 것이 더 좋은 것이 될 수 있다. 가장 좋은 것은 그 사람이 원하는 것을 하게 그대로 두는 것이다. 그냥 그 사람답게 살 수 있게 해주는 것이 부부가 서로에게 줄 수 있는 따뜻한 배려로 보였다. 우리 부부는 그렇게 살지 못해서 함께 같은 집이 아니라, 따로 다른 집에서 오십 대를 보내게 된 모양이다.

　리카는 도망치다가 한 달 넘게 숨어 지내던 곳에서 자신을 찾으러 온 사람에게 말했다.

　"여기서 나가게 해주세요."

　리카는 자신이 원하는 것이 무엇인지 모르고 살아왔나 보다. 남에게 그럴듯하게 보이는 것만 자신에게 해주며 그것이 자신이 원하는 것인 줄 알았다. 그러나 몰라서 했다고 봐주지는 않는다. 리카의 삶은 리카가 만들었다. 리카가 공금횡령을 한 것은 연인 고타 때문도 아니고, 남편 때문도 아니고, 은행에 취직해서도 아니고, 청소년기에 경험한 기부 때문도 아니었다. 내가 오십에 혼자 살게 된 것도 그렇다. 남편 때문이 아니라 내 안에 살고 있는 '나답게'가 혼자 살게 했다.

리카가 선택한 삶은 폭염이 되어 연인 고타를 떠나게 했다. 그리고 자신의 삶까지 포기하게 만들었다. 리카는 자신이 아플 때 품어주는 '따뜻한 달'이 되지 못하고 지쳐서 구겨버리는 '종이달'이 되고 말았다.

리카처럼 지나치게 뜨거우면 누군가를 사물과 밥 먹게 한다. 날씨가 무더운 것은 잘 알고 빠르게 반응하면서, 부부 사이의 폭염에 대해서는 무심하게 살았다. 그와 둘이 살 때는 혼자 앉아 밥 먹는 것이 좋았다. 사람보다 사물이 더 위로가 되어서다.

혼자 살아보니 사람 사이의 폭염이 없어서 좋다. 그런데 늘 혼밥을 하니 가끔 둘밥도 그리워진다. 그러나 다시 둘이 일상처럼 밥을 먹게 된다면 또 혼자 먹는 시원함을 찾아 집을 나설지도 모른다.

지금 니 생각 중이야

물들지 않는
투투

~~~~~~

공항에서 쓸 편지

문정희

병사에게도 휴가가 있고
노동자에게도 휴식이 있잖아요
조용한 학자들조차도
재충전을 위해 안식년을 떠나듯이
이제 내가 나에게 안식년을 줍니다.
여보, 일 년만 나를 찾지 말아주세요
내가 나를 찾아가지고 올 테니까요.

그가 바라던 아내는 자식 교육을 잘하고 집안 살림을 야무지게 잘하는 사람이었다. 그는 돈을 많이 버는 어른이 되고 싶어 했다. 내가 꿈꾸던 남편은 소통이 되는 사람이었고, 나 자신은 부끄러움을 아는 어른이 되고 싶었다.

그는 내가 자신의 프레임 속에서 살아야 안정되었다. 그러나 나는 자유로울 때 살아있었다. 그는 남이 보는 시선이 중요해서 겉모습을 꾸미는 데 시간을 썼다. 나는 내 가슴이 시키는 대로 사는 것이 좋아서 민낯으로 외출할 때가 많았다.

그는 사람들과 경쟁하는 것을 좋아해서 골프대회에 자주 참여했다. 나는 혼자서 노는 것이 재밌어서 독서와 글쓰기로 일상을 채웠다. 그는 깔끔하게 정리된 집이 편안했고, 나는 널브러져 있는 공간에서 뒹굴뒹굴하며 푹 쉬었다.

그는 좋은 자동차를 탔을 때 기뻐했고 사람의 단점에 대해서 자주 이야기했다. 나는 오래된 경차가 내 차라서 좋았고 누군가의 장점이 잘 보였다. 그는 미래에 대한 걱정이 많아서 부지런하게 살았다. 나는 지금 이대로 고마워서 잘 웃었고 느리게 살았다.

　　　　　　　　　지금 니 생각 중이야

그런 두 사람이 부부의 인연을 맺고 한집에서 살았다. 오래 살면 물들어서 그럭저럭 살아지리라 믿었다. 그러나 30년이 흘러도 우리는 달라지지 않았다. 오히려 자신의 색만 더 선명해졌다. 부부로 오래 함께 산다고 서로에게 물드는 것은 아니었다. 가치가 다르면 물들기 어려운 모양이다. 어쩌면 우리는 기능적으로 필요한 부부로 살아왔는지 모른다.

여자가 혼자 살아도 된다고 보편적으로 인정해주는 세 가지 이유가 있다. 남편의 바람, 도박, 폭행이다. 그것에 해당하지 않으면 같이 살기를 추천했다. 그러나 사는 일은 보편적이지 않아서 혼자 사는 이유도 개별적일 수밖에 없다. 나처럼 남편에게 물들지 못해서 남은 삶은 자신과 물들며 사는 방법을 선택하기도 한다.

내가 겪지 않은 일에 대해서 보편적인 기준으로 판단하고 말하는 것은 매우 조심해야 할 일이다. 함께 사는 데도 그들만이 아는 이유가 있지만, 따로 살 때도 그렇다. 누군가 이혼을 했다면 내 경험으로는 알지 못하는 그들 부부만의 사연이 있으리라. 그래서 '부부 사이는 부부만 안다'는 말이 생겼을 것이다.

누군가를 안다고 생각하는 프레임이 만들어지면

상대의 진심을 보지 못한다. 부부가 오래 사는 비법은 '내 사람'이 아니라 '그냥 사람'으로 대하는 마음인 듯하다. 내 남편이라서 아는데, 내 아내라서 아는데, 이렇게 안다고 생각하고 말하는 시간이 쌓여서 그 사람이 누구인지를 잊어버리기 때문이다. 그래서 '하루만 데리고 살면 홀딱 반할 거야'로 시작해서 '하루만 데리고 살아봐 홀딱 깰 거야'로 변했다.

만약에 '아는 것은 별로 없지만 부부였다'로 살았다면 서로에게 곱게 물들었을지도 모른다. 우리는 상대에 대해서 안다고 믿었다. 그래서 아는 척을 지나치게 많이 했다. 자신도 누구인지 모르고 살다가 죽는다는데, 부부가 되어 한집에 오래 산다고 그 사람을 어찌 알겠는가!

나는 경주에서 혼자 살기를 시작했다. 그와 나 사이에 울산에서 경주까지 거리가 생겼다. 그렇게 3년을 살고 나니, 30년을 함께 살고도 물들지 못했던 그와 나 사이가 보였다. 나는 그가 이해할만한 삶을 살지 못했다. 그가 이해될 때까지 고통스럽게 더 오래 견뎌야만 물드는 것인가. 어쩌면 나와 물들지 않아서 그에게도 물들지 못했을지 모른다. 한 번도 물들어본 적 없는 내 세계가 나를 슬프게 했다. 사람들이 이해

하기 어렵다는 세계다. 오십이 되어서야 나에게 안식
년을 주었다. 경주에서 나에게 물드는 시간을 보내는
중이다.

밥벌이 홀로서기

2장

내가 믿었던 것은 오류였다

금융사기

걷기 덕분에 혼자 살아내는 데 뿌리가 생겼다. 창 창한 여름에 나무 사이를 걸으면 내 몸이 짱짱해졌 다. 배롱나무와 무궁화는 만날 때마다 환하게 웃었 다. 누군가는 폭염이라며 에어컨 곁을 떠나지 못하는 데, 그녀들은 폭염 아래서 묵묵하게 꽃을 피우고 있 었다. 여름꽃에게 땡볕에서 피어난 강인함과 뽐내지 않는 겸손함을 배웠다.

그가 만들어준 우산과 양산이 없이도 살아낼 수 있 을 것 같았다. 그런데 금융사기를 당해서 전 재산을 잃었다. 지갑에 남은 만원이 전부였다. 가난하게 혼자 사는 여자의 돈을 다 가져가면 어찌 살란 말인가. 사기도 형편을 봐가면서 해야 하는 것 아닌가. 그래 봐야 소용없는 일이었다. 이미 통장은 다 비워져 있었고, 나같이 당한 사람이 삼만 명이 넘었다. 경찰서와 은행에서 나에게 준 것은 헛된 희망은 품지 말라는 것이었다.

설상가상으로 백수였다. 바로 취업이 될 거라고 믿고 오래 하던 일을 정리했는데 나를 채용해 주는 곳이 없었다. 코로나도 내 앞길을 가로막았다. 내가 살고 있는 집은 월세를 내는 곳이었다. 있는 돈을 다 모아서 전세로 갈 생각이었는데 하루아침에 다 잃고 말았다. 아무리 생각해도 살아갈 길이 보이지 않았다.

누군가를 탓하며 절망할 상황도 아니었다. 며칠 후면 월세를 내야하고, 그 외에 자동납부로 나가야 할 돈이 줄줄이 있었다. 자리를 털고 일어나 다시 양산을 쓰고 무작정 걸었다. 걷다 보니 마음이 밝아졌다. 그래서 다음 날도 그다음 날도 걸었다.

그러다 '설거지를 구한다'는 문구를 보았다. 문을 열고 들어갔다. 내 생계를 해결하는 일이라면 무엇이든 해야만 했다. 매일 걷는 일은 낯선 세상으로 가는 길을 열어주고, 그곳에 첫발을 내디딜 수 있는 용기를 주었다.

식당에서 일하는 분들은 신처럼 보였다. 사람이 할 수 없는 일을 해내는 분들이었다. 이십 년 넘게 식당 일을 하면 신의 경지에 이르는 모양이다. 몸 쓰는 일에 가장 소질이 없는 나는, 그분들께 도움이 되지 못하고 피해만 줄 뿐이었다. 그것은 열심히 한다고 짧은 시간에 해낼 수 있는 일이 아니었다. 나는 몸이 부서지는 통증을 견뎌내며 일했지만, 그분들은 나로 인해 퇴근 시간이 늦어지고, 내 일까지 덤으로 해야만 했다. 내가 모르는 세상 속에서 그분들은 자신의 생계를 책임지고 자식들까지 부양하며 살아왔다. 그 힘이 어디서 나오는지 궁금해서 물어봤는데, 날마다 걷기를 한다는 것이었다.

다시 걷기 시작했다. 식당 일이 힘들다는 핑계로 쉬고 있던 걷기였다. 그는 맨몸으로 내 우산이 되어 비를 대신 맞고, 내 양산이 되어 땡볕을 대신 견디며 살아왔다. 그런데 나는 그가 만들어준 우산과 양산 속에서 30년을 편하게 살면서도 덥다고 옷이 젖는다고 불만이었다. 그도 누군가 만들어준 우산과 양산 속에서 살고 싶은 고단한 남자였다. 그는 편한 차를 두고 언제나 자전거를 타고 출퇴근을 했다. 운동해야 건강을 유지한다는 것이 이유였다. 누군가의 우산과 양산이 되어주는 일은 꾸준한 운동 없이는 하기 어려운 일인지도 모른다.

길 위에서 홀로 걸으며 그의 고단함을 읽었다. 건강을 위해 운동하라는 말을 자주 했던 그에게, 아이처럼 투정 부리며 잔소리 좀 그만하라고 대꾸했다. 혼자 내 밥벌이를 책임지며 살아보니 가장 중요한 것이 건강이었다. 그래서 걷기를 멈출 수가 없었다.

어쩌면 홀로 생계를 책임진다는 것은 쉬지 않고 매일 걷는 일인지도 모른다. 걷기를 멈추면 누군가에게 의존하며 살게 될 것만 같았다. 치매가 걸려서 내 정신이 내가 모르는 상태가 되지 않는 한, 내 생계는 내가 책임지며 살고 싶었다. 그것이 걷는 가장 중요한 이유였다.

걷기는 내 삶의 우산과 양산이 되었다. 걷기 덕분에 다른 사람의 우산과 양산을 기웃거리지 않아도 될 만큼 혼자 사는 데 힘이 생겼다. 금융사기로 땡볕에 홀로 섰을 때 걷기라는 양산을 펼쳐서 폭염을 견뎌냈다. 처음 혼자 살기 시작했을 때 가슴 속 습기가 숨을 멈추게 할 것 같았다. 그때도 걷기라는 우산을 펼쳐서 숨을 쉴 수 있었다. 빈털터리가 되어 취업도 못한 채 다음 끼니를 걱정하는 순간에도 걷기를 하며 생계를 해결했다.

식당에서 땀 흘려 일하며 그녀들과 함께 걸었다. 누구 덕분에 지금까지 살아냈는지 혼자 살고 나서야 알았다. 궁핍한 처지에도 매일 걷기를 하며 다시 살아내는 내가 고마웠다. 금융사기를 친 사람을 원망하거나 어리석은 나를 탓하며 오래도록 고통 속을 걷지 않은 것도 감사했다. 걷기에는 나를 살리는 건강한 힘이 있었다. 매일 걸으며 하루 일해야 하루 먹을 수 있다는 정직한 밥벌이를 배웠다.

생명줄

민지에게

어릴 적 선생님이 살던 한옥 마당에는 오래된 매화 나무가 있었어. 추운 겨울 끝에 피어난 매화를 보며 깜짝 놀랐어. 선생님은 털장갑을 끼고도 추워서 떨고 있는데 매화는 맨몸으로 겨울을 견뎌내고 어여쁜 꽃을 피웠기 때문이야. 그 모습이 매력적이었어. 그래서 지금도 매화를 가장 좋아하나 봐.

사람이 그렇듯 매화도 꽃을 피우기까지 견뎌내기 힘든 시간이 많았겠지. 민지는 그럴 때 무엇을 하며 견뎌낼까? 좋아하는 태권도를 하거나 혼자서 배낭 하나 메고 훌쩍 여행을 떠날지도 모르지. 그런데 말이야. 죽고 싶을 만큼 고통스러운 일을 겪으면 아무것도 할 수 없는 상태가 되더라. 자신도 자신을 어찌하지 못하는 상황이 되는 거지. 침대 위에 누워서 식물인간처럼 시간을 보내다가 문득 자살을 생각하기도 하지.

선생님도 그런 때가 몇 번 있었어. 매일 그렇게 죽어가고 있었어. 그러다 죽을 때 죽더라도 글이나 한 편 남기고 죽자 싶어 글을 쓰기 시작했어. 유서 같은 글이었지. 그런데 다음 날도 유서를 쓰고 그다음 날도 썼어. 참 신기하게도 유서가 생명줄이 되었어.

그래서 알게 되었지. 지금을 살아내기 고통스러울 때는 침대에 누워만 있는 것보다는 몸을 조금이라도 움직여서 무엇이든 매일 묵묵히 하는 것이 생명을 이어가는 길이라는 것을. 선생님이 매일 글쓰기를 해온 이유야. 매일 글을 쓰니 몸에서 살고 싶은 에너지가 마구마구 나오더라.

민지는 태권도 할 때 건강한 에너지가 듬뿍 나온다 했지. 어느 날 아주 많이 힘든 순간이 오더라도 매일 묵묵히 좋아하는 태권도를 하며 견뎌내면 좋겠다. 그러면 매일 뭔가 조금씩 했던 그 움직임이 너를 살리는 군불이 될 거야. 선생님은 그랬어. 매일 조금씩 하는 글쓰기는 나에게 군불을 지피는 일이었어.

언젠가는 매일 나에게 군불을 지폈던 이야기를 책으로 출간하고 싶어. 사람들은 많은 날을 힘든 시간 속에서 고통스럽게 보내는 듯해. 그들에게 매일 자신에게 군불을 지피는 시간이 있어야 따뜻하게 살아낼 수 있다고 말해주고 싶어.

선생님에게는 매일 글쓰기가 하루를 살아내느라 수고한 나를 따뜻하게 안아주는 시간이었어. 그래서 선생님이 쓴 글이 누군가의 가슴을 데우는 군불이 되었으면 좋겠어. 매화에게도 그런 군불이 있었으니 그토록 어여쁜 꽃을 피웠겠지. 누군가 내 책을 군불삼아 자신만의 꽃을 피우면 참 좋겠어. 민지에게도 그런 책이 되면 많이 고마울 거야.

2021년 1월 15일
경주아랫목에서 논술샘

밥 한 숟가락

　자유만 있으면 무엇이든 감당해낼 줄 알았다. 그러나 금융사기로 전 재산을 잃은 오십의 아낙에게 자유를 위한 고군분투는 죽을 길을 향해 걸어가는 것처럼 느껴졌다. 그가 만들어준 집에서 따뜻한 보살핌을 받으며 안전하게 30년을 살다 보니, 길 위에서 살아내는 것의 위태로움을 몰랐다.

　생계가 보장되지 않으면 도덕심이 사라진다는 맹자의 말만 가슴을 내리쳤다. 내 끼니를 해결하는 일이 이토록 어려운 일인지 오십에 집 밖에서 살아보고 나서야 알았다. 생계를 해결하는 것보다 더 중요한 것은 없었다. 평생을 당연한 듯 해오던 공부는, 생계가 보장되고 잉여가 있는 사람들이 누리는 특권으로 보였다.

이러고 살려고 자유를 선택했나. 집에 두고 온 것들이 그림자처럼 따라다니며 계속 말을 걸었다. 나답게 살아보겠다고 고군분투 해봐야 별것 없으니 안전한 집으로 돌아가라고 했다. 무엇보다 가장 믿었던 자존감이 너덜너덜해지는 것은 견디기 힘든 일이었다. 그럴수록 더 많이 웃고 더 씩씩하게 살아냈지만, 사실은 그랬다.

삶은 자유에 있지 않았다. 언제나 생계와 함께 있었다. 그것과는 무관하게 살아온 줄 알았는데 아니었다. 나를 대신해서 가장으로 살아온 그가 오랜 세월 내 생계를 온몸으로 다 치러내고 있었다. 나는 생계에 묶여서 자유는 펼치지도 못했다. 몸이 부서지는 통증을 참으며 생계를 해결하는 삶이 내가 믿었던 자유는 아니었다.

내가 믿었던 것은 오류였다. 혼자 살기 3년은 그것이 오류임을 끊임없이 확인하는 시간이었다. 그래도 나를 포기하고 싶지 않아서, 나를 따뜻하게 안아주고 싶어서, 내 이야기를 들어주고 싶어서, 매일 묵묵히 글을 썼다. 오십 년 내가 믿었던 것이 오류라는 기록이 되었다.

둘이 살 때는 진리라는 문자에 갇혀 있었다. 진리가 좋은 줄 알고 진리대로 살고 싶었다. 가끔은 진리처럼 산다는 착각도 했다. 그런데 혼자 살아보니 오류가 바로 나였고 내 삶이었다. 오류가 없었다면 나는 존재하지 못했을지도 모른다. 오류 덕분에 살아냈다.

진리는 오류를 먹고 자라난 사유다. 오류가 없었다면 진리는 태어나지 못했을 것이다. 자유는 한 시절 나에게 진리로 인정받았던 사유였다. 그런데 혼자 살면서 자유가 오류가 되고, 생계가 진리가 되었다. 지금은 내 입에 들어가는 밥 한 숟가락이 진리다.

오류를 겪으며 배운 나만의 진리가 하나 더 있다. 글쓰기는 꽤 믿을만한 친구라는 것이다. 자유와 생계 사이에서 통증에 시달릴 때도 많았지만 글쓰기 덕분에 웃으며 살았다. 금융사기로 빈털터리가 되었을 때도 글쓰기에 나를 버렸더니 글쓰기가 나를 살렸다.

혼자 살기에 대해서 글을 쓰기에는 내가 아직 깊고 단단하지 못하다. 그래서 설익은 혼자 살기를 세상에 내어놓는다. 내 글이 혼자 살아내는 누군가에게 잠시 마음 풀고 쉴 수 있는 아랫목이 되기를 소망하기 때문이다.

지금 니 생각 중이야

철모르는 코스모스

6월인데 코스모스가 활짝 피었다. 철없는 코스모스에서 나를 본다. 머리는 때에 맞게 사는 것이 중요하다는 것을 안다. 그런데 가슴은 나이를 잊고 이성도 잊는다.

누군가는 지천명이면 하늘을 읽을 수 있다고 하던데, 나는 나 하나도 읽지 못해서 여름 코스모스처럼 철모르고 뜻밖의 장소에서 살고 있다.

흙이 아니라 공중에서 피면 어쩌나. 중년이라는 나이에 어울리지 않는 상상을 하며 혼자 웃는다. 공중에서 피는 코스모스라, 나는 그럴 수 있는데 하며 또 좋아라 웃는다. 그래서 어른보다는 철없는 아이들과 소통이 잘 되었는지도 모른다. 재밌어서 만났던 아이들이었다. 오래도록 그 녀석들과 함께 놀았다. 그곳은 나에게 신나는 놀이터였다.

아이들과 함께 놀지 못한 지 꽤 오래되었다. 철없는 내 선택 때문이었다. 언제든 놀이터에 갈 수 있을 줄 알았다. 그런데 놀이터 주인이 나이가 많아서 그곳에 들어올 수 없다며 문을 열어주지 않는다. 아직도 철없는 나는, 그런 놀이터가 그립다.

아이들이 있는 놀이터가 점점 멀어진다. 노인들이 놀고 있는 복지센터의 주변을 서성거리고 있다. 들어갈까? 말까? 난 아직 아이들이 있는 곳에서 놀고 싶은데 어쩌지? 자꾸만 망설여진다. 그곳에 발을 들여놓으면 노인에게 물이 들어서 노인처럼 살게 될지도 모른다. 그런데 하루 벌어 하루 먹고 사는 생계 앞에서 마음이 조급해진다.

조급함은 자신을 잃어버리는 지름길이다. 노인복지센터 앞에서 발길을 돌린다. 환기가 필요하다. 숲길을 걷는다. 바람이 스치고 지나간다. 새들은 반갑다 노래를 부르고 여름 숲이 웃으며 나를 안아준다. 머리가 시원해진다. 조급함이 나가고 철모르는 내가

지금 니 생각 중이야

다시 살아서 움직인다. 철모르는 것들은 생기가 넘쳐서 좋다.

"숙제나 하청은 하지 말고 출제자를 하시지요."

철모르는 내 가슴을 뛰게 했던 최재천 선생님의 말이었다. 나는 출제자로 살고 싶었다. 그럴 자신도 있었다. 그런데 지금은 숙제나 하청도 시켜주지 않는다. 그래서 때를 잘 아는 누군가는 내 선택을 철없다 했다. 맞는 말이다. 어쩌면 때에 맞게 사는 사람은 숙제나 하청을 잘할지도 모른다.

때를 어기고 꽃을 피우는 것이 쉽겠는가. 때에 맞지 않는 곳에서 살아내는 것도 어려운데 꽃까지 피워야 한다. 가을만 살던 내가 여름 땅에서 뿌리를 내리고 무르익어서 꽃을 피우려면 더 오래 견뎌내야 할지도 모른다. 그 길에 무엇이 기다리고 있는지 알 수 없다. 얼마나 더 가야 꽃을 피우는지도 모른다.

그러나 언젠가는 나만의 여름 코스모스를 출제한다는 굳건한 믿음이 있다. 그날이 오면 나를 읽게 될지도 모른다.

나를 살리는 매일 글쓰기

TV에 느티나무 집 할아버지가 나왔다. 아흔이 다된 할아버지는 70년 가까이 매일 일기를 썼단다. 느티나무 옆 약방을 평생 지켜 오신 분이었다. 할아버지께서 평생 쓰신 누런 일기장이 약방 책장에 쌓여 있었다. 궁금해서 읽어보고 싶었다. 박물관에 소중하게 보관해야 하는 일기장이었다. 누군가 할아버지의 기록을 책으로 출간해도 좋겠다.

그러나 세상에 책으로 나오지 못해도 할아버지의 매일 글쓰기는 이미 비범한 역사서가 되었다. 매일 글쓰기로 가장 큰 혜택을 받은 사람은 할아버지였기

지금 니 생각 중이야

때문이다. 63년 동안 매일 약방 일기를 쓰는 시간이 당신의 이야기를 묵묵히 경청하는 시간이었다. 할아버지는 매일 글쓰기로 정성을 들여서 지금을 고맙게 살아내고 미래도 따뜻해졌다.

매일 묵묵함이 쌓이면 따뜻한 변화가 일어난다. 나는 그 말의 힘이 믿어졌다. 매일 글쓰기로 나를 안아 주었더니 내 가슴이 고마움으로 채워졌다. 그래서 매일 묵묵히 글을 썼다. 그러나 내가 글을 쓰며 소망하는 것은 누군가 알아주는 성과는 아니었다. 그저 쓰는 내가 지금을 살아냈다면 매일 글쓰기의 소명을 다한 것이다.

오십이 되어서 혼자 살기를 선택했는데, 금융사기를 당해서 전 재산을 잃어버렸다. 그런데 나이가 많아서 취업도 안 되었다. 시급한 생계를 해결하기 위해 식당에 가서 무리하게 몸 쓰는 일을 하다가 허리가 무너졌다. 그래도 내 생계를 해결할 사람은 나밖에 없어서 계속 일을 했다. 그러다 골반까지 가더니 목, 어깨, 팔, 무릎까지 통증에 점령당했다.

그런 상황에서도 지금까지 살아낸 비법이 있다. '망하기 달인'이 되었기 때문이다. 돈도 망하고 취업도

망하고 몸까지 망하고 나니 마지막에 남는 건 글쓰기밖에 없었다. 그래서 매일 묵묵히 글을 썼다. 참 신기하게도 글쓰기가 망해버린 내 가슴을 살려냈다. 그래서 '망하기 달인'에서 '살리기 달인'으로 변신했다.

비공개로 블로그와 밴드에서 글쓰기를 했다. 나를 안아주는 공간이었다. 공개로 하지 않는 이유는 고요해야 충만해지기 때문이다. 그래서 글도 사람처럼 혼자 쓰는 사적인 공간에서 성장하지 않는다는 누군가의 말에 동의하고 싶지 않았다. 글과 사람은 혼자일 때나 함께일 때나 다 성장한다. 그런데 성향에 따라서 혼자일 때 더 성장하는 사람도 있다. 내가 그렇다. 나는 혼자 있을 때 건강한 에너지가 듬뿍 나온다. 그래서 혼자 있을 때 잘 자란다.

사람은 누구나 자신이 살길을 찾아간다. 죽을 길인지 알면서 그 길을 향해 가는 사람은 드물다. 내가 혼자 사는 선택을 하고 혼자서 매일 글을 썼던 이유도, 그 길이 살길이라는 믿음 때문이었다. 그래서 죽고 싶을 만큼 고통스러운 날도 그냥 묵묵히 썼다. 매일 글쓰기로 나를 따뜻하게 데워줘서 지금까지 살아냈다.

389원

작가들도 남에게 들은 이야기만 하지 말고 자신의 삶에 대해 꾸밈없이 솔직담백하게 이야기할 것을 권하고 싶다. 예컨대 타향에서 부모형제에게 보냄직한 그런 솔직한 이야기 말이다. 이 책은 특별히 가난에 시달리는 학생들을 위해 쓰여졌다 보아도 될 것이다.

– 헨리 데이비드 소로우 <월든> 중에서

밥벌이로 공모전 여섯 군데 글을 보냈다. 한 군데라도 당선이 되어서 밥벌이에 보탬이 되기를 바랐다. 혹시나 된다면 엄마처럼 나를 품어주는 언니에게 선물도 하고 싶었다. 생계를 위해 뭐든 하고 싶은 날이었다.

　오십에 혼자 살아보고 나서야 밥벌이의 고단함에 납작 엎드렸다. 오체투지로 대해야 하는 것은 신도 아니고, 사람도 아니고, 책도 아니고, 글쓰기도 아니고, 돈이었다. 금융사기로 빈털터리가 되고 허리가 무너져 통증과 고군분투하니 더 그랬다.

　하루 벌어 하루 먹고 살았다. 통증과 사투하며 일용직 식당 설거지와 편의점 밤샘 아르바이트를 했다. 고생한 결과는 내 밥벌이를 내가 해결한다는 것뿐이었다. 그러나 혼자 사는 나에겐 가장 중요한 일이었다. 애들 아빠가 고생해서 벌어다 주는 돈을 내 돈처럼 마음대로 쓸 때는 밥벌이의 숭고함을 몰랐다.

　통장 잔액이 389원이었다. 자동이체로 빠져나갈 돈도 필요했다. 어떻게 마련하나 고민하고 있는데, 응모한 공모전에서 당선 소식이 왔다. 타이밍이 절묘하다. 죽으라는 법은 없는가 보다. 상금 덕분에 생계를 해결했다. 단비 같은 상금이 고마우면서도 가슴이 헛헛했다.

　나는 돈에 묶여서 꼼짝도 못했다. 생계가 안정되

어야 자유도 누릴 수 있었다. 통증도 돈이 있어야 치료할 수 있었다. 119를 부르고 싶을 정도로 많이 아플 때는 실손보험이 효자가 되었다. 잘 모르는 사람들은 나를 계획적이고 이성적인 사람으로 본다. 그런데 오래 만난 사람들은 무모하고 감성적이라며 걱정한다. 그러니 무모하게 빈손으로 혼자 살기를 시작했나 보다.

언니에게 오래된 마티즈를 선물했다. 공모전 상금을 두 번 모은 것으로 샀다. 아직 생계에서 자유롭지 못한 처지다. 그래도 무모하게 저질렀다. 언니가 나중이 아니라 지금 자신을 안아주기를 바라기 때문이다. 언니는 내가 평생을 꿈꾸던 책 쓰기만 하라며, 생계비를 지원해 주었다. 내가 웃으며 살면 언니도 웃는다고 했다.

언니는 고통스런 시간을 보내고 있었다. 겪고 있는 상처가 너무 깊어서 나도 많이 아팠다. 그런데도 나에게 책 쓰기 선물을 주었다. 언니는 신세지는 것을 매우 싫어하는 나를 무장해제 시키는 사람이다.

상금 덕분에 언니에게 조금이라도 보답할 수 있었다. 언니는 차를 운전해서 자유롭게 다니길 원했다.

그러나 형편이 어려워서 늘 꿈만 꿀뿐 사지 못했다. 오래도록 그랬다. 언니가 마티즈를 날개 삼아 자신을 안아주며 살았으면 좋겠다. 고마움에 대한 보답으로 정성을 담은 마음이 아니라 돈이 필요할 때도 있었다.

오십에 혼자 가난하게 살아보고 나서야 돈에 무지했던 내가 보였다. 애들 아빠 덕분에 풍족해서 몰랐다. 나는 책만 읽는 바보였다. 나는 글만 쓰는 바보였다. 내가 책을 읽듯 돈을 읽고, 글을 쓰듯 돈을 쓰고, 글쓰기 스승님을 섬기듯 돈을 대했다면 돈은 나를 건강하게 성장시키는 자양분이 되고, 자유롭게 날아오를 수 있는 날개가 되었을지도 모른다. 어느 날 통장에 찍힌 389원에 배운 이야기다.

몸 챙기기

3장

세상이 의자로 보였다

좋은지 나쁜지 누가 알겠는가

의자

이정록

병원에 갈 채비를 하며
어머니께서 한 소식 던지신다

허리가 아프니까
세상이 다 의자로 보여야
꽃도 열매도, 그게 다
의자에 앉아 있는 것이여

지금 니 생각 중이야

주말엔
아버지 산소 좀 다녀와라
그래도 큰애 네가
아버지한테는 좋은 의자 아녔냐

이따가 침 맞고 와서는
참외밭에 지푸라기도 깔고
호박에 똬리도 받쳐야겠다
그것들도 식군데 의자를 내줘야지

싸우지 말고 살아라
결혼하고 애 낳고 사는 게 별거냐
그늘 좋고 풍경 좋은 데다가
의자 몇 개 내놓는 거여

한방병원에 입원했다. 침, 전기, 부황, 도수, 고주파, 체외충격파, 등 어깨 목 경락, 냉각치료를 받으며 하루를 보냈다. 이렇게 많은 치료를 받는 일은 혼자 집에서 통증을 견디는 만큼이나 아프고 고단한 일이다. 그래서 계속 미루었는데, 더는 견디지 못해서 입원했다.

1년 만에 다시 입원한 한방병원에서 '깡'이 생겼다

는 말을 들었다. 병원에서 해주는 모든 통증 치료를 묵묵히 다 받았기 때문이다. 이번에는 안 아프게 해달라는 부탁도 하지 않았다. 예전에는 많이 아픈 치료는 살짝 피하고 덜 아픈 것만 골라서 받았다. 그리고 가는 곳마다 "안 아프게 약하게 해주세요."라고 간절하게 부탁했다. 나는 아기처럼 치료해야 하는 환자로 입소문이 났었다.

하지만 엄살이 아니었다. 내 몸이 통증을 다른 사람보다 강하게 느끼는 체질이라서 누군가에게 이해받지 못하는 통증을 혼자서 감당할 때가 많아서다. 얼마나 많이 아팠으면 없던 깡이 생겼을까. 혼자 살아내는 게 얼마나 힘들었으면 깡이 몸에 새겨졌을까. 1년 사이에 '아기'에서 '깡'으로 변한 내가 측은해 보였다.

"허리가 아프니까 세상이 다 의자로 보여야"

이정록 시가 내 삶이 될 줄은 몰랐다. 그래서 통증을 치료해주는 분들이 가장 고마웠다. 병원에서 일하시는 분들의 보시가 가장 큰 공덕으로 보였다. 아픈 사람에게 의자가 되어 주는 고마운 분들이었다.

이름만 보고 무서워서 못 받던 치료를 받아보았다. 체외충격파, 냉각치료, 고주파다. 내 몸이 통증에 강하게 반응하기 때문에 더 겁이 났다. 그런데 이번에 입원해서 이 세 가지를 처음으로 받았다. 친구의 적극적인 추천도 있었지만, 통증을 견디는 것이 힘들어서 그게 뭐든 해볼 수밖에 없었기 때문이었다.

직접 겪어보니 치료과정이 아프기는 했지만 효과는 아주 좋았다. 이름처럼 무서운 치료법이 아니었다. 오히려 내 몸의 통증을 약하게 해주는 고마운 치료였다. 이번 치료처럼 미리 겁먹고 시작도 못한 것이 많았다. 혼자 살아보니 더 겁이 많아져서 작은 일에도 놀라는 습관이 생겼기 때문인지도 모른다.

좋은지 나쁜지 누가 알겠는가. 지나고 나면 좋은 것이 나쁜 것이 되고 나쁜 것이 좋은 것이 되기도 한다. 어쩌면 그냥 사는 것이지 좋은 것과 나쁜 것이 정해져 있는 것은 아닐지도 모른다. 혼자 사는 일도 그렇다. 둘이 살든 혼자 살든 그냥 사는 것이지 그것을 좋은 것과 나쁜 것으로 정할 일은 아니다. 내 몸에 살고 있는 통증도 그렇다.

행복
합니다

    내 몸에 사는 통증은 힘이 아주 셌다. 처음엔 허리에서 시작했는데 골반, 목, 어깨, 팔까지 빠르게 점령했다. 그러나 내 삶에 온통 통증만 살게 할 수는 없었다. 통증에 대해 오래 공부했다. 누구인지 알아야 통증과 지내는 방법을 찾을 수 있을 것 같았다.

    나만의 방법이 효과가 있었는지 통증과 그럭저럭 지냈다. 통증을 데리고 살 친구로 받아들였다. 그것에 대해 심각하게 생각하거나 저항하지 않았다. 그리고 매일 걷기와 스트레칭으로 통증의 힘을 아주 조금씩 뺐다. 병원에 가서 집중적으로 치료를 받으며 통증을 졸리게 했다. 통증이 힘이 센 날은 무리하게 일을 시켜서 미안해하며 같이 살고, 약한 날은 고마워하며 같이 살았다.

그런데 컴퓨터나 휴대폰으로 글쓰기를 하면 어깨, 팔, 목에서 통증이 큰 힘을 발휘했다. 그래도 꾹 참고 계속 글을 썼더니 조금만 써도 저절로 앓는 소리가 날 정도로 많이 아팠다. 허리와 골반, 그리고 무릎이 아픈 것은 데리고 살만해졌는데, 내가 좋아하는 글을 못 쓰게 하는 어깨, 팔, 목의 통증은 견뎌내기 어려웠다.

책 쓰기를 그만둬야 하나 고민이 될 정도로 내 몸은 심각했다. 그래서 많이 슬펐다. 가장 하고 싶은 일이 책 쓰기인데 통증 때문에 할 수 없었기 때문이다. 통증이 내가 좋아하는 글자를 못 치게 할 줄은 몰랐다. 몸은 지난 두 달 동안 계속 아프다고 신호를 보냈는데, 나는 통증을 견뎌냈다. 좋아서 하는 일이 만들어내는 건강한 에너지가 통증을 넘어서게 해주리라 믿었다.

이번에도 내가 믿었던 것은 오류였다. 결국 통증에게 항복했다. 서울에 다녀오는 길이었다. 기차 안에서 저절로 앓는 소리가 났다. 마음은 책 쓰기 사부님과 동기들을 만나서 즐거웠다. 그런데 몸은 통증이 거센 반란을 일으켰다. 통증이 세져서 글자를 칠 수 없었다. 그날 처음으로 사부님 책 필사를 쉬었다.

마음이 약해진 것을 알았는지 통증이 더 큰 힘을 발휘했다. 그래서 출간일기만 겨우 쓰고 책 쓰기 과제를 못했다. 혼자 사는 것은 다 좋은데, 많이 아플 때만 별로다. 무인도에서 혼자 아픈 듯 쓸쓸했다. 몸이 많이 아프고 가장 궁핍한 때에 절박하게 시작한 책 쓰기였다. 얼마나 간절했으면 신세 지는 것을 싫어하는 내가, 언니에게 수업료와 생계비 지원까지 받으며 책 쓰기를 시작했겠는가! 그래서 더 책 쓰기를 꽉 움켜쥐고 있었나 보다. 힘이 과하게 들어가서 더 아팠는지도 모른다.

내 몸의 힘을 빼기 위해 복사꽃을 만나러 갔다. 그곳에서 통증과 고군분투해서 책 쓰기를 끝까지 해내고 싶었던 마음을 내려놓았다. 통증의 지배를 그냥 받아들였다. 통증이 책 쓰기 공부를 마칠 수 있게 해주면 고맙고, 못해도 괜찮았다. 어디까지든 할 수 있는 만큼만 조금씩 해보기로 했다. 끝이 어디든 그만큼만 해도 참 고마운 책 쓰기였다. 그런데 신기하게도 힘이 빠지니 덜 아팠다.

항복은 빼기였다. 항복하기 전에는 몰랐다. 나를 포기하는 것이 아니었다. 빼기로 나에게 불필요한 것들을 다 놓아버리니 하나만 남았다. 지금 좋아하는 복사꽃을 보며 웃을 수 있는데 무엇을 더 바라겠는가!

손길

손 치료사 할아버지를 만나러 갔다. 처음이라 겁이 났다. 치료과정에서 어떤 통증을 견뎌내야 하는지 모르기 때문이다. 50분 정도 운전해서 가는데 통증 때문에 손을 놓아버리고 싶었다. 글을 쓰거나 운전을 하는 단순한 일도 해내기 어려운 상황이었다.

할아버지 손이 내 통증을 잠재워주기를 간절히 바랐다. 할아버지 손은 생각했던 것보다 더 많이 아팠다. 그러나 효과는 좋았다. 20일 정도 치료받으면 좋아질 거라고 하셨다. 무엇이든 다 해드리고 싶은 참고마운 손이었다. 95세가 될 때까지 평생을 아픈 사

지금 니 생각 중이야

람 몸을 만져서 낫게 해준 세상에서 가장 따뜻한 손이었다. 할아버지 손 덕분에 통증에서 자유로워질지도 모른다는 희망이 생겼다.

치료 14일째 되는 날, 할아버지는 어깨와 팔을 집중해서 만져주셨다. 살을 도려내는 듯한 통증에 아파서 그대로 죽을 것 같았다. 13일 동안 겪었던 치료는 산통보다 더 강한 통증이었다. 짐승처럼 울부짖으며 손 치료를 받았다. 그래도 할아버지 손길을 만나서 아주 많이 감사했다. 할아버지를 소개해준 선생님도 고마웠다.

덕분에 오래도록 못했던 내 몸 다스리기를 할 수 있었다. 통증은 내 몸을 제때 다스리지 않은 대가인지도 모른다. 할아버지는 굳어서 돌이 되어버린 내 몸을 쫀득쫀득한 인절미로 변신시켰다. 할아버지 손은 해내실 것이다. 그냥 그렇게 믿어졌다. 변신은 죽었다 살아나는 통증을 견뎌내야 되는 일인지도 모른다. 끝까지 버텨서 새 몸을 선물로 받을 수 있기를 간절히 기도했다.

손 치료 16일이 지나자 허리는 많이 좋아졌다. 그런데 어깨치료는 통증이 더 심해졌다. 변신을 포기하고 싶을 정도로 많이 아팠다. 치료 후에도 계속 많이 아파서 누워만 있었다. 변신은 통증으로 완성되는 것인가. 20일만 견뎌내면 된다 했는데 더 오래 걸릴지도 모르겠다. 어깨를 미리 다스리지 못한 대가를 고통스럽게 받았다.

할아버지 손 치료 21일이 되는 날이었다. 나는 아직 아픈데 할아버지는 치료가 끝난다며 그만 오라고 했다. 나머지 아픔은 내가 치료해야 된단다. 통증을 참고 먼 길을 오는 내가 안쓰러워서 그런지도 모른다. 할아버지와 내가 함께 정성 들인 21일이었다.

소망했던 새 몸을 받지는 못했다. 그러나 통증이 데리고 살만큼 약해졌다. 내가 계속 간다면 손 치료는 계속되겠지만, 할아버지 말씀을 따르고 싶었다. 나 혼자 치료하기에 집중해 보기로 했다. 할아버지께서 부탁하신 몇 가지를 매일 실천하는 치료법이다. 걷기, 만세하기, 팔 돌리기, 똑바로 누워서 자기, 다리 꼬고 앉지 않기, 운전할 때 머리 뒤에 붙이기, 휴대폰이나 컴퓨터 할 때 거리 유지하고 머리 의자에 붙이기, 회전의자 앉지 않기 등이다. 할아버지께 배운 것을 정성으로 실천한다면 통증을 다스리는 법을 알게 될지도 모른다.

치료실에는 '다스려줌(교정)'이라는 글자가 할아버지와 함께 살고 있었다. 처음엔 치료가 무섭고 아파서 눈에 들어오지 않았는데 나중에 보였다. 할아버지 손은 내 무모함을 다스리는 힘이 있었다. 그래서 하고 싶은 글쓰기도 멈추게 다스렸다. 나는 할아버지 손안에서 모든 걸 놓아버리고 그냥 쉴 수 있었다. 할아버지 손은 통증뿐 아니라 내 마음까지 다스려주시는 따뜻함이 담겨 있었다.

공복의 시간

집으로 돌아왔다. 예전엔 일주일 동안 혼자서 여행해도 괜찮았다. 그런데 이번엔 1박 2일 만에 통증에게 항복했다. 마음은 며칠 더 있고 싶은데 몸이 따라주지 않았다. 좋아하는 혼자 여행도 통증을 넘어서지 못했다.

'강릉에서 한 달 살아보기'를 해볼까 고민하고 있었다. 그곳에서 펜션을 운영하는 주인장이 초대했기 때문이다. 주인장이 따뜻하고 풍경이 참 예쁜 곳이라서 살던 곳을 잠시 떠나도 좋지 싶었다. 그런데 이번 여행에서 통증이 큰 힘을 발휘해서 집을 떠날 용기를

지금 니 생각 중이야

잃었다.

지금은 '통증에서 한 달 살아내기'가 먼저인 듯하다. 할아버지 손 치료 덕분에 조금 좋아졌다고 또 무모하게 저지를 뻔했다. 할아버지께 전화가 왔다.

"아픈 데는 좀 어떻노?"

나는 아픈데도 괜찮다고 씩씩하게 말했다.

"안 아프니 좋다."

친정아버지가 나를 안아주시는 듯 따뜻했다. 할아버지 덕분에 건강하게 살아내고 싶었다.

통증을 약하게 만드는 방법을 공부했다. 간헐적 단식이 도움이 된다는 것을 알았다. 그래서 지나치게 많이 먹으면 몸이 더 무겁고 아팠나 보다. 내 몸의 통증을 간헐적 단식으로 치료한다는 것은 꽤 믿을만한 처방이었다. 간헐적 단식이 내 몸뿐 아니라 정신까지 변화시킬 것 같은 좋은 예감이 들었다.

1일 1식을 1년 정도 해서 15kg를 감량했다. 통증 치료에 도움이 되었다. 허리통증에는 더 큰 효과가 있었다. 지금은 1일 2식을 주로 하고 가끔 3식을 한다. 그리고 몸이 많이 무겁게 느껴지면 단식을 하며 비워냈다. 단식시간은 통증 상태에 따라서 다르게 했다.

통증을 다스리는 일은 할아버지 손 치료 1과 내 정성 99가 담겨야 가능한 일인 듯했다. 그래서 간헐적 단식뿐만 아니라 걷기, 바른 자세, 지금을 살기, 나를 따뜻하게 안아주기, 혼자 있는 고요한 시간 즐기기, 감사하기, 많이 웃기, 좋아하는 글쓰기 하기, 충분히 잠자기, 탄수화물 줄이고 과일과 채소 챙겨 먹기를 매일 꾸준히 실천했다.

몸을 아프게 하는 원인은 내가 만든 것이지 누군가에 의해 생겨난 것이 아니다. 그것은 오래 배인 익숙한 것이라서 매일 마음을 모아 실천하지 않으면 살던 대로 움직여진다. 편한 것을 멈추고 불편함을 따르는 길이다. 적당히 편하고 싶어서 나를 관대하게 봐주면 통증은 힘이 세졌다.

오늘은 30시간 단식을 하며 몸을 쉬게 했다. 몸이 나비처럼 가벼워졌다. 마음까지 다 비워진 듯 편안하다. 단식은 내 삶에 있을 수 없는 일인 줄 알았다. 한

끼만 안 먹어도 어지러워서 기절할 것 같았다. 입이 달아서 맛나게 잘 먹는 편이었다. 통증은 채우는 것보다 비우는 것이 살길이라는 것을 알게 해주었다.

그런데 나를 초조하게 만드는 불안도 간헐적으로 일어났다. 혼자 살면서 내 무의식에서 더 큰 힘을 발휘했다. 그래도 나를 안아주면 조금씩 안정을 찾을 것이다. 지금에 깨어있으면 나에게 간헐적으로 일어나는 통증을 단식처럼 나를 살리는 방향으로 변화시킬 수 있다.

단식할 때 나는 꼬르륵 소리는 건강함을 알리는 신호다. 그 소리가 듣고 싶어서 공복을 유지할 때도 있다. 어떤 날은 꼬르륵 소리가 나면 단식을 끝내고 음식을 먹는다. 그때는 무엇을 먹든 참 맛있고 그저 먹을 수 있어서 감사하다. 저절로 지금 깨어있게 된다.

언젠가부터 꼬르륵 소리를 듣지 못했다. 배가 고프지 않은데도 그냥 계속 먹었기 때문이다. 내 몸이 배가 고플 기회를 주지 않았다. 그래서 통증이 생겨났는지도 모른다. 몸에만 그랬을까. 내 정신도 꼬르륵할 수 있는 공복의 시간이 필요해 보인다.

불안과 두려움에서 편안해지는 명약

책 쓰기를 하지 않아도 되는 이유가 끊임없이 올라왔다. 통증, 생계, 내가 할 수 없는 신의 영역 등이었다. 지금을 재밌게 살고 싶어서 시작했는데 아니었다. 지금도 해내기 힘든데 갈 길이 멀었다. 이런 이유들이 슬럼프로 나를 끌고 갔다. 무엇보다 정성을 다해도 끝내 못해낼 것 같은 책 쓰기를 붙잡고 지금을 힘들게 살아내고 싶지 않았다.

책 쓰기 과제를 해서 올리고 나면 내 정성은 온데간데없고 '이게 아닌 것 같은데'만 남았다. 본질은 없고 엉뚱한 것만 쓴 불편함이 있었다. 본질 한 개만 올리면 되는데 필요 없는 글만 백 개쯤 올리는 듯했다. 통증을 견디며 하다 보니 내가 더 바보 같았다. 예전의 글쓰기처럼 재밌는 에너지가 나와야 버틸 수 있는데, 책 쓰기에서 내주는 과제는 아픈 곳을 더 아프게 했다. 해야 할 이유가 굳건했던 때가 언제였던가! 기억도 나지 않았다.

책 쓰기를 떠나봐야 책 쓰기가 나에게 무엇인지 보일 듯했다. 시작은 나를 안아주기였지만 지금은 무엇이 되었는지 궁금해졌다. 책 쓰기 과정은 '나를 찾는 시간, 내 쓰레기가 보인다, 통증, 다스려줌, 이해에 대한 성찰, 나는 나를 몰랐구나, 있는 그대로 나를 안아주기'였다.

집이 아닌 낯선 곳에서 나를 만났다. 책 쓰기를 잠시 내려놓았다. 바람과 초록이 만나서 춤을 추는 곳이었다. 지난 3개월 책 쓰기에 빠져 있었다. 아파도 쓰고 안 아파도 썼다. 몰라도 쓰고 알아도 썼다. 하고 싶어도 쓰고 하기 싫어도 썼다. 마치 책 쓰기가 유일한 살길인 듯 계속 썼다.

통증을 견디며 글을 쓴 책 쓰기 과제들이 쓰레기가 되는 것을 보며 아까웠다. 그런데 그 쓰레기는 글이 아니라 나를 버리는 일이었다. 꽉 움켜쥐고 있었던 내 안의 무엇을 책 쓰기라는 과정을 통해 하나씩 버리고 있었다. 쉽게 버려지는 것은 없었다. 이것도 있어야 해, 저것도 있어야 해 하면서 통증을 키웠다. 결국은 통증이 반란을 일으켰고, 나는 다 버리고 말았다. 비로소 내가 보였다.

나는 나를 몰랐다. 누군가 이해되는 삶을 살지도 못했다. 그래서 독자가 이해되는 서문을 쓰는 것은 내가 해낼 수 없는 일처럼 느껴졌다. 그래서 책 쓰기를 그만둬야 하나 엄청 많이 고민했다. 마지막으로 딱 한 번만 서문을 더 써보고 그래도 아니라면 그만해야지 했다. 통증을 견디며 과제를 썼던 것도 책 쓰기를 하지 말아야 할 중요한 이유였다. 혼자 울면서 깊은 고민 끝에 내린 결정이었다.

수업 시간에 사부님과 동기들이 준 피드백을 반영해서 서문을 다시 썼다. 간절하게 꿈꾸던 책 쓰기의 마지막 책장을 쓰는 심정이었다. 기대는 전혀 없었다. 그전에 쓴 서문들처럼 '이렇게 쓰는 것이 아니다'로 끝날 줄 알았다. 책 쓰기 동기들이 따뜻한 댓글로 위로해줘서 눈물이 났다. 동기들이 고요히 나를 안아주는 듯했다. 뜻밖에도 사부님께서는 서문이 좋다고 이대로 가면 된다고 하셨다. 그 말씀이 참 좋아서 꿈인가 생시인가 했다.

그런데 밤새도록 끙끙 앓았다. 통증 때문에 나오는 소리였다. 통증은 참 오래도록 힘이 넘쳤다. 아직 내 안에서 할 일이 있었나 보다. 지난 3년 혼자 살면서 감당했던 내 무의식의 불안과 두려움이 통증이 되었는지도 모른다. 그래서 통증이 심해도 책 쓰기가 계속 이어졌나 보다. 나에게 책 쓰기는 내 무의식의 불안과 두려움을 편안하게 하는 명약이었다.

군불 지피기

4장

살아내느라 수고 많았다!

배가 막 고파지는 얘기

풍경소리

구효서

어떤 얘기를 할 땐 배가 고파져요.
그런 게 있어요.
잘은 모르지만 왠지 배가 막 고파지는 얘기.

나는 늦둥이 막내딸이었다. 할아버지 같았던 아버지는, 한쪽 다리로 농사를 지었다. 아버지가 일하러 가시는 뒷모습을 우두커니 바라보았다. 허벅지까지

지금 니 생각 중이야

묶인 아버지의 빈 바지가 달랑달랑 흔들렸다. 그 모습이 슬퍼서 자발적으로 야간고등학교에 진학했다. 아버지를 위해 내가 할 수 있는 유일한 일이었다.

여고 시절에 만난 어른들은 부끄러움을 몰랐다. 그래서 부끄러움을 아는 윤동주 시인을 좋아했는지도 모른다. 그 시절 산업체특별학교 학생들은 공장을 그만두면 학교도 다닐 수 없었다. 그것은 공장의 어른들이 부끄러움을 모르는 일을 계속하게 만드는 이유가 되었다. 덕분에 전태일의 선택을 이해하는 여고 시절을 보냈다. 1학년을 마칠 때쯤 학생 수의 반 이상이 그곳을 떠났다. 나는 학업을 마치기 위해 눈을 감고 귀를 막고 3년을 참았다. 억울하고 부당한 일을 자주 당했지만, 단 한 번도 저항하지 못했다.

하루에도 몇 십 번, 노동자를 그만두고 부모님 품으로 돌아가고 싶었다. 그러나 허벅지까지 묶인 아버지의 빈 바지가 슬프게 떠올라서 가지 못했다. 아버지의 잃어버린 다리가 되기 위해 견뎠다. 다행히도 밤이 되면 내 가슴은 반딧불이보다 더 밝게 빛났다. 밤에 맛본 샘물 학교 덕분에 부당한 노동에 지친 내 가슴을 위로하고 꿈을 향해 꿋꿋하게 걸어갈 수 있었다.

나는 그렇게 야간고등학교와 방송통신대학교를 졸업했다. 나와 같은 학교에 다닌 사람 중에 학력을 감추거나 거짓말하는 사람들이 있었다. 이유는 출신학교 때문에 사람들이 차별한다는 것이다. 그래서 취업할 때 출신학교를 적는 것을 두려워했다. 불합격되면 출신학교 때문이라며 학교 탓을 했다. 그들은 다녔던 학교를 생각하면 배가 막 고파져서 그랬는지도 모른다.

하지만 나는 내가 다녔던 학교가 고마웠다. 그래서 언제 어디서나 당당하게 말했다. 이력서를 쓸 때도 내 출신학교는 나를 표현할 수 있는 가장 고마운 학교였다. 혹시나 내 출신학교가 마음에 들지 않아서 나를 채용하지 않는 곳이라면 그들보다 내가 먼저 그곳에서 일할 생각이 없었다. 그런 가치관을 갖고 있는 사람이 리더로 있는 곳에서 무엇을 배우고 무엇을 꿈꾸겠는가. 그런 곳은 채용이 되어도 오래 다니지 못했을 것이다. 부끄러운 것은 야간고등학교와 방송통신대학교에서 공부한 내 이력이 아니라 그것을 결핍으로 바라보는 사람의 마음이다.

그런데 누구에게나 그럴만한 사정은 있다. 나와는 다른, 그 사람만의 배가 막 고파지는 얘기가 있을 것이다. 사람마다 그런 방이 가슴 속에 하나쯤 있게 마

지금 니 생각 중이야

련이다. 나에게도 그런 방이 하나 있다. 나는 자식 방보다 내 방이 더 컸다. 자식을 사랑하지 않아서 그런 것은 아니다. 어떤 사정으로 내 방이 커졌는지 몰랐다. 지금 생각해 보니 여고 시절의 결핍된 배움에 대한 허기 때문이었다. 배가 많이 고팠던 방이라서 커졌나 보다. 그래서 평생 공부하며 살았던 모양이다.

아직도 야학하던 얘기를 하면 배가 막 고파진다. 그래서 오래도록 얘기를 하게 되지만 그럴수록 배가 더 고프다. 40년이 다 되어 가는데, 지금도 그렇다. 나는 할머니가 되어서도 배가 고파져서 공부하러 갈지도 모른다.

사람에게
물들고
싶었다

일주일이 지나도 슬픔이 사라지지 않았다. 슬픔을 빨리 끝내고 싶어서 무엇이든 해보았지만 아무 소용이 없었다. 무언가를 하면 할수록 슬픔은 더 깊어져만 갔다. 이대로 슬픔에 빠져서 영원히 나오지 못할 것 같았다. 반평생을 살면서 이렇게 이유를 알 수 없는 깊은 슬픔을 만날 때가 가끔 있었다. 내 슬픔의 시작은 사람에서 비롯된 것인지도 모른다.

열일곱의 내가 보였다. 재봉틀의 기세에 눌려서 온몸을 바들바들 떨고 있었다. 기계를 다루는 일이 서툴고 행동도 느려서 재봉틀과 익숙해지는데 꽤 오랜

지금 니 생각 중이야

시간이 걸렸다. 봉제공장에서 주는 밥은 멀건 콩나물국과 김치 몇 조각이 전부였다. 처음엔 음식을 넘기기가 힘들었다. 그러나 노동에 지친 허기가 밥을 먹었다. 고향으로 돌아가고 싶었지만 아버지의 잃어버린 한쪽 다리가 생각나서 주저앉고 말았다.

내가 다녔던 봉제공장은 어둡고 추웠다. 이 세상에 혼자 남겨진 것 같은 슬픔이 가슴을 뚫고 들어왔다. 갑자기 밥이 넘어가지 않더니 가슴에 통증이 심하게 느껴졌다. 몸무게도 8kg이나 빠졌다. 과로, 영양부족, 공장에서 과다하게 들이마신 먼지로 인해서 늑막염에 걸린 것이다. 홀로 병마와 싸우며 험난한 길을 걸었다. 그때 내 손을 잡아준 사람이 있었다.

그 사람과 함께 야간고등학교에 다녔다. 나는 야학이 처음이었지만 언니는 야간중학교를 졸업한 경험이 있었다. 공장에서는 야근과 철야는 물론 주말까지 일을 시켰다. 우리는 무조건 참으며 끝까지 공장을 다녀야만 했다. 공장을 그만두면 학교가 자동으로 퇴학 처리가 되기 때문이다.

우리는 작은 방을 하나 얻어서 자취했다. 주말에는 배추를 사서 김치를 담갔다. 월급날이면 돼지고기와 상추로 삶의 허기를 채웠다. 쌀독에 쌀은 부족했지만,

우리의 마음은 풍족했다. 언니가 만들어준 아랫목에서 내 꿈이 자라기 시작했다. 나는 글쓰기 선생님이 되고 싶었다. 오랜 시간이 지나서 꿈을 이루었다.

논술 수업을 하다가 사람이 되기를 꿈꾸는 아이를 만났다. 나도 어릴 때 사람이 되고 싶었다. 그때는 사람답게 살아가는 일이 가장 어려운 일이라는 것을 몰랐다. 아이는 수업 시간에 손 피리를 자주 불었다. 능숙하게 잘 불지 못하고 어설프게 나오는 소리였지만 참 듣기 좋았다. 아이는 무엇이든 천천히 느리게 반응했다. 목소리가 작아서 아이가 하는 말을 듣기 위해 귀를 세워서 몰입했다.

아이가 가져온 독서노트에는 '책을 많이 읽는다고 머리가 커지는 것은 아니다. 지식만 쌓이는 것이다'라고 적혀 있다. 아이의 생각이 궁금해서 머리가 커지려면 어떻게 하면 되는지 물어보았다. 아이는 오래도록 생각했다. 아이가 두 눈을 반짝이며 말했다.

"수술을 하면 돼요."

오랜만에 크게 웃었다. 다른 아이들 생각도 들어보았다. "책을 읽을 때 생각을 하며 읽어야 해요, 토론을 해야 해요." 모범이 될 만한 대답을 했다.

다시 그 아이에게 생각이 커지려면 어떻게 하면 좋을지 물어보았다. 아이가 다른 날보다 더 진지하고 낮은 목소리로 말했다.

"벌에 쏘이면 돼요."

아이의 눈이 가을하늘처럼 맑았다. 어른보다 아이가 더 사람다워 보일 때가 있다. 그날이 그런 날이었다.

닮고 싶은 사람이 있다. 오랜만에 집에 오는 아버지를 위해 말없이 군불을 때는 그의 어린 시절이 스치고 지나갔다. 그는 강연할 때 흐르는 콧물을 모자로 쓱쓱 닦더니 마칠 때 그 모자를 썼다. 어찌 살면 백발이 된 나이에 저렇게 맑을 수 있을까. 그 사람은 가까운 곳에 사는 사람들의 밥벌이에 대한 이야기를 자신의 책 속에 담았다. 그래서 그 사람이 쓴 글이 좋았다.

그 사람은 작가 김훈이다. 그는 사천 원과 만 원짜리 딱 두 가지가 있는 동네 짬뽕집에서 사천 원짜리 짬뽕만 먹을 수밖에 없는 서민들의 애환과 자본주의 시장경제의 문제점을 읽었다. 그는 나와 같은 곳에서 오래도록 함께 살아온 사람 같았다. 그가 사는 세상에 물들고 싶었다. 나는 혼자서 다른 세상을 겉도는 듯했다. 그를 만나고 나니 위로가 되었다. 나답게 살아도 괜찮을 듯했다. 김훈처럼 되기를 바라지 않았다. 이름 없는 글쟁이라도 좋았다. 그 사람을 만나니 내 손이 꿈틀거렸다.

가슴을 나눌 한 사람을 만나기 위해 먼 길을 걸어왔는지도 모른다. 내 슬픔의 끝에는 사람이 기다리고 있는 듯하다. 가슴에 불을 켜고 사람이 찾아와 주기를 기다리고 있다. 사람이기에 사람에게 물들고 싶은 것이리라.

지금 니 생각 중이야

버킷 리스트

마흔에 산부인과에 건강검진을 받으러 갔다. 나는 못 견디게 아프면 병원을 가는 편이다. 그날도 남편의 성화에 못 이겨서 병원에 갔다. 가슴이 두근거리고 겁이 났다. 내 몸속에 혹 덩어리가 생긴 것은 아닐까. 손을 쓸 수 없을 정도로 커버렸으면 어떡하지. 오랫동안 몸속을 들여다보지 않았으니 그럴 수도 있지 않은가. 일어나지 않은 일을 미리 걱정하며 순서를 기다렸다. 내 이름을 불렀다. 의사는 초음파 기계로 자궁과 난소를 진료했다.

"말기 암일 가능성이 상당히 높습니다."

자궁과 난소에 큰 혹이 하나씩 있어서 마음의 준비를 하는 것이 좋겠다고 덧붙였다. 의사의 말에 내 몸은 한기가 들고 머릿속은 하얗게 되었다. 병원을 나오다가 다시 진료실에 들어갔다. 살 수 있다는 말을 듣고 싶었다.

"암이더라도 살 수 있지요."
"그럴 가능성은 없어 보입니다."

다리가 후들거렸다. 주저앉아버렸다. 얼마나 그렇게 앉아 있었는지 모른다. 어느 정도 시간이 지나고 나니 죽음에 대한 두려움이 밀려왔다.

내 마음엔 바늘 하나 꽂을 자리가 없었다. 의사가 남긴 말 한마디가 사람의 마음을 한없이 팍팍하게 만들었다. 검사 결과는 전혀 다를 수도 있다고 믿고 싶었다. 의사의 말에서 벗어나려고 몸부림쳤다. 그럴수록 더 깊이 의사의 말에 빠져들었다. 아무리 찾아도 살길이 보이지 않았다.

죽을 날을 받아 놓고 기다리는 사람처럼 하루하루를 견뎠다. 결과를 기다리는 일주일이 내 생애 가장 길게 느껴지는 시간이었다. 남은 가족에 대한 걱정보다는 생전에 내가 해보지 못한 일에 대한 아쉬움이

지금 니 생각 중이야

더 가깝게 다가왔다.

펜과 종이를 꺼냈다. 아무것도 없는 하얀 종이 위에 버킷리스트를 써 내려갔다.

의사는 조직검사 결과를 보고 해야 할 말을 성급하게 내뱉었다. 말 한마디가 사람을 죽일 수도 있다고 했던가. 겪어보니 맞는 말이었다. 의사를 찾아가서 묻고 싶었다. 당신의 아내가 나와 같은 일을 당했다면 어떨 것 같은지. 그러면 의사도 나에게 어떤 고통을 안겨주었는지 알게 되지 않을까. 만약에 내 병명이 말기 암이 아니라고 나오면 그 의사가 하는 병원을 닫게 하고 싶었다.

검사 결과가 나왔다. 양성이라서 수술을 하면 나을 수 있다고 했다. 나는 불치병에 걸렸다가 완치 판정을 받은 것처럼 기뻤다. 의사에게 몇 번이나 감사 인사를 하고 진료실을 나왔다. 정신을 차리고 나니, 갑자기 억울한 생각이 들었다. 내가 얼마 못 살고 죽을 것처럼 함부로 말했던 의사가 아닌가. 의사의 경솔한 말 한마디 때문에 죽음의 문턱까지 갔다 왔다. 그런데도 나는 그 의사가 죽어가는 나를 살려준 것처럼 고마워하고 있으니 사람의 마음이 참 묘했다.

수술하고 몸이 회복되니 버킷리스트가 생각났다. 첫 번째로 해보고 싶은 일이 혼자서 여행을 떠나는 것이었다. 미루지 않고 당장 해보기로 했다. 화려한 꽃무늬 배낭을 샀다. 예전 같으면 어두운 단색을 선택했을 것이다. 다시 사는 느낌이었다. 새롭게 시작하고 싶었다. 미리 계획을 세우지 않고 내 마음이 가는 길을 따라서 여행을 가보기로 했다.

처음으로 혼자서 여행을 떠났다. 가장 먼저 찾은 곳은 성주 회연서원이었다. 매서운 겨울을 이겨내고 가장 먼저 꽃을 피우는 매화의 강인한 생명력을 느끼고 싶었다. 아쉽게도 매화꽃은 피지 않았다. 갑자기 찾아온 꽃샘추위에 파르르 떨고 있었다. 매화는 꿋꿋하게 이겨내고 꽃망울을 터트릴 것이다.

전주 한옥마을로 발걸음을 옮겼다. 한옥마을은 고향처럼 따스하고 편안했다. 한옥 카페에서 대추차를 마셨다. 바람이 스치고 지나갔다. 풍경소리가 내 가슴을 맑게 해주었다. 여행 첫날밤은 오래된 한옥에서 자기로 했다. 내가 묵을 방에 들어섰다. 하얀 무명천 이불에 들꽃이 아기자기하게 수놓아져 있었다. 작가처럼 폼을 잡고 글을 썼다. 혼자 여행하면서 느꼈던 소소한 행복을 글로 남기고 싶었다. 한옥에서 하룻밤

지금 니 생각 중이야

은 엄마의 품처럼 포근했다. 한옥이 숨 쉬는 소리가 들리는 듯했다. 그곳에서 새로운 생명이 태어나면 무럭무럭 잘 자랄 것 같았다.

다음 날, 담양 죽녹원으로 가는 버스에 올랐다. 사철 푸르고 곧게 자라는 대나무 숲속을 걸었다. 대나무가 살아온 아픈 역사가 떠올랐다. 대나무는 무서운 원자폭탄을 맞고도 살아남았다. 베트남 전쟁 때 고엽제를 온몸에 뒤집어쓰고도 유일하게 살았다. 대나무는 극한의 고통을 어떻게 이겨낸 것일까. 하늘을 향해 쭉쭉 뻗은 대나무를 올려다보았다. 대나무의 다부진 생명력이 내 몸을 타고 흐르는 것 같았다.

혼자 여행은 끝없이 펼쳐진 하얀 길을 처음으로 걷는 느낌이었다. 다시 태어나서 시작하는 듯했다. 가는 곳마다 첫 발자국을 찍었다. 그곳에서도 생명이 숨 쉬고 있었다. 가랑가랑한 매화의 숨소리, 깊은 곳에서 울려 나오는 한옥의 숨소리, 짱짱한 대나무의 숨소리가 들렸다. 살아서 꿈틀거리는 자연의 모습이 처음 보는 것처럼 신비롭게 다가왔다. 죽음을 생각하며 쓰게 된 버킷리스트는 처음으로 일주일 동안 혼자 여행하는 뜻밖의 선물을 안겨주었다.

죽음에 관심을 갖는 사람들이 많아지고 있다. 남은 생을 제대로 살고 싶은 사람들의 마음인지도 모른다. 그런 바람 때문에 죽음을 체험할 수 있는 프로그램이 곳곳에서 생겨나고 있다. 유서를 쓰고 관에 들어가 누워보는 체험은 새로운 삶을 시작하는 일이 될 수 있다. 내가 의사의 말 한마디 때문에 죽음을 미리 경험하고 혼자 여행하며 새로운 삶을 시작한 것처럼 말이다. 컴퓨터를 포맷하듯이 우리의 삶도 하얗게 지우는 백지의 시간이 필요한 모양이다.

엄마의 꽃단장

엄마는 새벽에 쪽머리를 단장했다. 낡은 화장 바구니에는 빛바랜 분홍색 거울, 참빗, 동백 기름병이 들어 있었다. 거울을 벽에 걸고 참빗으로 긴 머리카락을 빗었다. 가르마를 중심으로 나누어진 양쪽 앞머리를 빗을 때는 한 올도 빠져나오지 않도록 깔끔하게 마무리 했다. 긴 머리를 돌돌 말아서 살아온 세월만큼 오래된 은비녀를 꽂았다. 참 단아해 보였다.

화장실에 가다가 미끄러져서 엄마의 엉덩이뼈가 부러졌다. 갑자기 걷지도 못하고 기저귀를 차고 생활했다. 자식이 일곱이나 있었지만, 어느 누구도 엄마를 모시겠다고 나서지 않았다. 나 역시 그랬다. 결국 엄마를 요양병원으로 보내는 것으로 뜻이 모아졌다. 정성들여 자식 키워봐야 소용없었다.

며칠이 지나 엄마를 만나러 갈 준비를 했다. 요양 병원만은 가기 싫다는 엄마의 마지막 말이 걸려 엄마가 좋아하는 반찬과 간식을 넉넉히 준비했다. 그곳에 일하는 분들이 드실 것까지 챙겼다. 이것 또한 엄마를 위한 것이라기보다 내 마음 편하고 싶어서 하는 일이기에 가슴이 더 아렸다.

엄마의 머리카락이 흐트러져 있었다. 쪽머리는 온데간데없었다. 엄마가 짧은 커트 머리를 하고 꺾인 꽃처럼 앉아 있었다. 엄마는 평생 쪽머리만 하고 살았다. 신줏단지 모시듯 평생을 지켜온 쪽머리가 싹둑 잘려 나갔을 때 심정이 어떠했을까. 한 여인으로서 느꼈을 엄마의 상실감이 고스란히 전해져 왔다. 낯선 요양병원에 적응도 하기 전에 쪽머리가 먼저 잘려 나갔다. 엄마를 끌어안았다. 말없이 엄마의 굽은 등만 쓸어내렸다.

집으로 돌아왔지만 잠을 이룰 수 없었다. 금방 다시 간다는 엄마와의 약속을 지키지 못하고 며칠 집안

일에 붙잡혀 있었다. 다음 날 새벽에 한 통의 전화가 왔다. 잠에서 벌떡 깬 나는 떨리는 손으로 전화기를 들었다. 어떤 예고도 없었지만 내 심장은 벌써 쿵쾅거리고 있었다.

엄마는 내게 '안녕'이란 말 한마디 남기지 못하고 급성심장마비로 속절없이 떠났다. 날마다 병실 문을 바라보며 눈이 빠지도록 내가 오기만을 손꼽아 기다렸을 엄마를 생각하니 가슴이 무너져 내렸다. 엄마를 부르며 아이처럼 울고 또 울었다. 엄마한테 너무 미안해서 영정사진조차도 똑바로 볼 수 없었다. 문상을 온 사람들은 엄마의 죽음에 대해서 '호상'이라고 했다. 엄마 나이가 많다는 이유 하나만으로 사람들은 그렇게 말하지만, 내게 있어 엄마란 백 살이 넘게 살다 가셔도 부족한 존재였다.

엄마는 평생에 한 번도 못했던 화장을, 돌아가시고 나서 두 번이나 했다. 입관식 때 진달래 빛 입술화장에 뽀얗게 분을 바르고 있었다. 그 모습이 너무 고와서 살아계시는 것처럼 느껴졌다. 엄마가 꽃단장을 한 모습을 본 것은 그때가 처음이었다. 엄마가 살아계실 때 내 손으로 꽃단장 한 번 시켜주지 못한 것이 미안해서 목 놓아 울었다. 두 번째 화장은 화장터에서 치러졌다. 뜨거운 것이 싫으니 화장을 시키지 말아달라는 생전의 엄마 부탁도 끝내 들어주지 못했다.

"뜨거워 뜨거워, 엄마 꺼내줘."

화장터 앞에서 오열하는 것 말고는 내가 할 수 있는 것이 없었다.

꼬깃꼬깃 모은 쌈짓돈을 내 손에 쥐어주며 보약 지어 먹으라고 말하던 엄마의 목소리가 들리는 듯했다. 엄마를 만날 수도, 만질 수도 없었다. 날마다 아침을 맞이하는 것의 고마움을 잊고 살듯이 엄마가 나를 위해서 엄마의 아침을 희생하는 것도 모르고 살았다.

제삿날은 엄마의 쪽머리가 아침 햇살처럼 반짝거렸다. 엄마는 한 집 안의 종부로서 일 년에 열 번이 넘는 제사를 묵묵히 치르며 살아왔다. 그렇게 수고한 엄마의 정성이 우리 가족을 살렸다. 엄마 덕분에 날마다 아침을 맞이했고, 오늘도 아침을 만날 수 있었다. 그런데 엄마는 가족의 아침을 마련해 주는 것이 숨차서 엄마의 아침은 잊어버리고 살아오셨다.

옛 여인들이 쪽머리를 소중하게 여기는 마음과 엄마의 마음이 같다는 생각을 자주 했다. 쪽머리는 엄마가 여자로서 지키고 싶은 아름다움이었다고 믿었다. 그래서 엄마도 나처럼 꽃단장하고 싶어 하는 여자였다는 것을 몰랐다. 누군가의 엄마나 종부가 아니라 한 여자로서 꽃단장하는 시간이 엄마의 아침이었을지도 모른다.

엄마 나무 아래에 분홍색 립스틱을 고이 묻었다. 엄마의 아침을 한 번도 만들어주지 못했던 미안함도 함께 묻었다. 살아계셨을 때 이 고운 색을 발라드렸다면 얼마나 좋았을까. 엄마에게 못 해준 것이 어디 꽃단장뿐이겠는가!

뿌리가 하는 말

어디서 피어난 꽃일까. 나를 보듯 자꾸만 마음이 간다. 외롭다고 말하는 듯하다. 외롭지 않은 사람이 있을까. 그런데 나는 외롭다는 말을 누군가에게 해본 기억이 없다. 나에게 외로움은 늘 먼 곳에 있었다. 그런데 슬픔은 가끔 불쑥 찾아왔다. 외로움과 슬픔은 같은 뿌리에서 나온 빈꽃인지도 모른다.

"외로움은 최고의 비아그라다."

라고 쓴 여자가 있다. 그녀가 궁금했다. 그녀의 빈꽃이 비아그라가 된 이유는 무엇일까. 그녀와 차 한

지금 니 생각 중이야

잔하며 외로움에 대한 이야기를 듣고 싶었다. 한 번도 만난 적 없지만 가슴이 통할 것 같은 사람이다. 그녀는 먼 곳에 있다. 나와 그녀의 관계도 내 슬픔처럼 손에 잡히지 않았다.

슬픔의 뿌리는 어디까지 뻗어 있을까. 내 눈엔 보이지 않는다. 그런데 뿌리가 하는 말은 가끔 들린다. 누가 나에게 어찌해서 그 사람 때문에 슬픈 것은 아니라고 한다. 나답게 살지 못할 때 그런 나를 보며 슬퍼졌다. 나답게는 나 자신에게 떳떳하게 사는 것이었다. 사춘기를 보내며 생겨난 신조였다. 누가 시킨 것도 아니고 가르쳐 주는 사람도 없는데 신조를 세우고 그것을 지키기 위해 애쓰며 살았다.

십 대 후반에 내 신조는 더 단단해졌다. 야학하면서 만난 어른들이 부끄러운 행동을 하고도 부끄러운 줄 모르는 사람들이었기 때문이다. 나도 그런 어른이 될까 봐 두려웠다. 그래서 독립투사가 나라를 지키듯 내 신조를 지켜내고 싶었다. 신조가 강해질수록 내 뿌리는 더 깊어졌다. 신조를 버리면 내가 사라질 것만 같았다.

쉰이 다 되도록 그렇게 살았다. 신조를 놓을 수 없어서 사는 것이 참 힘들었다. 자신에게 떳떳하게 사는 일은 사람이 할 수 없는 일이라서 그랬는지도 모른다. 그러나 그것으로 인해 지금의 내가 될 수 있었다.

이렇듯 신조는 누군가의 삶이 된다. 대의명분을 앞세운 혁명가에게만 신조가 중요한 것이 아니다. 나처럼 평범한 아낙에게도 신조는 살아갈 이유가 된다. 아버지가 내 몸에 깊게 심어준 뿌리였다. 아버지는 부끄러움을 아는 어른이었고, 스스로에게 떳떳한 분이였다. 내 눈엔 그래보였다.

아버지는 나에게 오래된 느티나무였다. 어릴 때 늘 같은 자리에 묵묵히 서서 마을을 지키던 느티나무처럼 가족을 지켜주셨다. 아버지는 내가 야학을 하며 한기에 떨고 있을 때 한쪽 다리로 절뚝거리며 목화이불을 등에 업고 왔다. 아버지가 남기고 간 온기 덕분에 야학을 마치고 내 안에 작은 느티나무를 키울 수 있었다.

나는 아버지가 주신 느티나무만 있으면 되는 줄 알았다. 그런데 숨이 쉬어지지 않았다. 고요히 소멸하고 싶었다. 간절하면 이루어진다는 말도 틀린 말이었다. 끝내 소멸하지 못하고 살기 위해 부처님께 의지하는 마음 수행을 시작했다. 다행히 숨이 쉬어졌다. 평생을 갇혀 있었던 비행기 공포에서 자유로워졌다.

지금 니 생각 중이야

갑자기 심장이 두 개가 생겼는지 큰 지진 앞에서도 담담했다. 무거워서 쓰지 않았던 감투도 기꺼이 썼다. 술이 주는 즐거움도 알았다. 반평생을 살고 나서야 배운 술이었다.

법정 스님처럼 살다가 원효대사가 된 것 같았다. 감히 두 스님처럼 살았다고 생각하지는 않는다. 흉내도 낼 수 없는 분들이다. 달라진 내 모습을 생각하니 두 분이 문득 떠올라서 하는 말이다. 진정한 수행은 산속에 있는 절이 아니라 사람들 속에서 함께 사는 것이라는 원효대사의 말에 공감했던 시간이었다. 내 주변에서 일어나는 크고 작은 일에 '그래 그럴 수도 있지'가 많아져서 더 자주 웃을 수 있었다.

그제야 오래된 신조를 놓을 수 있었다. 그것이 뭐라고 움켜쥐고 살았나 싶었다. 놓아버리니 가벼웠다. 나 자신에게 떳떳해야 산다는 신조를 꽉 잡고 있지 않아도 뿌리는 그대로 있었다. 누군가 그랬다. 진정으로 자유로운 사람은 자유를 말하거나 생각하지 않는다고. 뿌리도 그랬다.

뿌리에게 필요한 것은 신조가 아니라 위로일지도 모른다. 따뜻한 위로 한마디면 되는데 거창한 명분을 앞세우며 먼 길을 돌아온 듯하다. 온몸에 힘을 주고 있으니 뿌리도 지칠 수밖에 없지 않은가. 힘들다는 외로움과 슬픔에서 나오는 말인지도 모른다. 사람들은 힘들 때 누군가에게 말을 한다.

"외롭다, 슬프다, 술 한잔하자, 밥 먹자, 뭐하니 ……."

어떤 말을 쓰는지는 중요하지 않다. 그 말의 뿌리가 하는 말에 마음이 담겨 있다. 잘 들어보면 뿌리는 한목소리로 말하는 듯하다.

"나 지금 힘들어. 니가 필요해."

그런데 나는 자주 그 사람이 쓰는 말에 갇혀서 뿌리를 보지 못했다. 그리고 주관적으로 해석하고 함부로 단정 지어서 말했다. 그래서 누군가의 뿌리를 더 아프게 했다. 내가 가끔 느끼는 슬픔과 외로움은 뿌리가 아플 때 나오는 것인지도 모른다.

뿌리가 하는 말을 듣지 않으려는 사람들이 넘쳐난다. 그들은 끊임없이 빈 것들을 토해낸다. 그래서 빈 말이 넘쳐난다. 어떤 말이 진심인지 알 수 없다. 있는 그대로 믿는 나로서는 나중에 아닌 것을 알고 씁쓸할 때가 많다. 그러나 나도 빈말을 하는 줄도 모르고 빈말을 계속하며 살아왔는지도 모른다. 말뿐 아니라 몸도 빈껍데기이고, 지금 살고 있는 집도 빈집일 수 있다.

그래서 사람과 함께 있어도 무인도 같을 때가 있었나 보다. 가만히 보면 들어주는 사람은 없는데 혼자서 말하는 사람들이 많다. 그래도 계속 만나서 빈꽃을 피운다. 저마다 섬 하나를 만들고 빈꽃들을 피워내고 있는 듯하다. 누군가에 의해 생겨난 빈꽃도 있지만, 스스로 피워낸 빈꽃이 더 많다.

오늘은 많이 슬퍼서 고요히 내 뿌리가 하는 말에 귀를 기울이고 있다.

군불

　무엇으로 데워 볼까. 처음 만난 시간 앞에서 어찌할 바를 모르고 멍하니 앉아 있다. 누군가는 부러워할 시간이다. 나는 그 시간이 낯설기만 하다. 다른 해 같으면 추석 음식 준비로 한창 분주할 시간이다. 그런데 혼자 집에 남아서 추석을 보낸다. 그는 나에게 선물을 주는 것처럼 뿌듯해하며 출근했다. 하늘로 가신 시부모님이 아시면 서운해 할 일이다.

　어릴 때 내가 살았던 곳은 집성촌이었다. 제사음식을 준비하는 날은 마을의 아낙들이 우리 집에 와서 손을 보탰다. 빈손으로 오는 이는 없었다. 그분들은

　지금 니 생각 중이야

작은 함지박을 들고 왔는데 언제나 상보가 덮여 있었다. 화사한 상보를 보면 만져보고 싶었다. 상보 밑에 있는 물건도 무척 궁금했다. 그러나 상보 주위에 감도는 기운이 엄숙해서 선뜻 만지지 못했다. 야생마처럼 마을을 누비고 다녔던 나도 그날은 저절로 경건해졌다.

엄마가 제사음식을 준비하는 모습은 고요했다. 엄마는 그렇게 일 년에 열 번이 넘는 제사를 묵묵히 지냈다. 엄마가 조심스럽게 상보를 하나씩 걷었다. 쌀, 생선, 계란 등이 담겨 있었다. 함지박 안에는 쌀이 반 정도 채워져 있고 그 위에 계란이나 생선이 올려져 있었다. 그때는 모두 집에서 닭을 키워서 그날 낳은 신선한 계란을 가져왔다. 생선은 시간을 들여 말린 것이었다. 함지박 안에 담긴 정성이 제사음식의 재료가 되었다.

엄마는 함지박에 담긴 쌀을 모아서 제삿밥을 지었다. 엄마 옆에 나란히 앉아서 가마솥에서 밥이 익어가는 모습을 물끄러미 지켜보았다. 그런 날이면 나도 함께 익어갔다. 엄마 품 안에서는 모든 것이 따뜻하게 익어갈 것만 같았다. 그런 엄마가 좋아서 종일 곁을 떠나지 못했다.

아궁이에서 장작불이 타오르면 떡시루에 찹쌀도

마침맞게 익었다. 고슬고슬하게 익은 찰밥을 절구통에 넣었다. 아버지는 떡메를 치고 엄마는 찬물에 손을 식히며 뜨거운 찰밥을 주물럭거리며 뒤집었다. 위에서 쿵 하고 내려오면 밑에서 포근하게 감싸주었다. 엄마와 아버지의 손이 만나면 그 많던 밥알들이 착착 붙어서 하나가 되었다.

 멍석이 펼쳐졌다. 마을 사람들이 하나둘 우리 집에 모여들었다. 도란도란 멍석에 앉아서 함께 밥을 먹었다. 마을 아낙들이 함께 수고해서 만든 음식도 나누어 먹었다. 마당 가득 웃음꽃이 피었다. 그날은 마당에 피어난 어여쁜 화초들도 고요했다. 책가방에 음식을 가득 담아서 학교에 갔다. 제삿날은 어려운 시절 친구들의 허기진 배까지 든든하게 채워주었다.
 그분들이 앉았던 멍석이 사라진 지 오래되었다. 종부로서 살았던 엄마도 오래전에 그 집을 떠났다. 한옥의 아름다움을 고스란히 간직하고 있어서 문화재가 될 줄 알았던 집도 오빠의 편리함에 밀려 흔적도 없이 사라졌다. 양옥으로 변한 집은 이젠 우리 집 같지 않다. 예전에는 마당 한구석에 돌돌 말린 멍석만 봐도 그날의 따뜻함이 생생하게 가슴속에 피어났지만 지금은 그날의 기억들도 점점 희미해져 갔다.

지금 니 생각 중이야

시댁의 큰 형님을 만나서 다시 군불이 피어났다. 시댁에는 며느리가 넷이었다. 큰형님과 내가 명절 음식을 도맡아 했다. 나는 손이 느리고 야무지지 못했다. 그런 나를 큰형님은 따뜻하게 품어주었다. 명절 스트레스 없이 살아온 것도 큰형님 덕분인 듯하다. 명절 때마다 큰형님과 음식을 준비하며 마음을 나누었다. 그런 시간이 30년이 다 되어간다. 그 사이 큰형님과 나는 자매처럼 가까워졌다. 친언니 집보다 큰형님 집이 더 편해진 지 오래되었다. 우리는 명절 음식에 손을 보태지 않는 동서들에 대해 불만을 갖거나 험담하지 않았다. 명절에 가족들이 다 모여서 우리가 만든 음식을 맛있게 먹는 모습을 보면 가슴이 따뜻해졌다.

큰형님은 지금 시간을 나보다 더 낯설어할지도 모른다. 큰형님에게 전화를 했다. 동병상련의 마음을 나누고 싶었나 보다. 그런데 큰형님 목소리가 들떠 있었다. 평소에 큰형님 모습을 보면 혼자서 집을 지키며 쓸쓸한 추석을 보낼 분이었다. 그러나 딸과 함께 여행 중이었다. 몇 십 년 무겁게 지고 가던 짐을 내려놓으니 홀가분하다며 좋아했다. 큰형님은 이미 안동도 잊고, 아주버님도 잊고, 큰 며느리도 잊고 있었다. 셋째 며느리로 살아온 내가 맏며느리의 무게를 어찌 다 알겠는가. 지금이 큰형님에게는 군불을 지피는 시간인지도 모른다. 내 심정에 대해서는 한마디도 못 하고 전화를 내려놓았다.

몸은 편한데 가슴속엔 계속 찬바람이 불었다. 온기가 가득 차 있는 시장에 가면 가슴이 데워질 것만 같았다. 그러나 시장 안에서도 나는 혼자 겉돌았다. 명절 하루 전날 시댁인 안동이 아닌 울산 시장에 서 있는 내가 고향 잃은 이산가족처럼 보였기 때문이었다. 명절에 찾은 고향 집은 아랫목의 온기에 가슴을 데우는 시간이었다. 갈 수 없으니 더 그리운 아랫목이었다.

고등어 앞에서 멈췄다. 울산 시장에 누워 있는 고등어 앞에서 '안동에 있는 간고등어가 제일 맛있는데' 생각했다. 시집오기 전 고등어를 가장 싫어했다. 비린내가 심하고 살도 퍽퍽했기 때문이었다. 안동에서는 명절에 간고등어를 쪄서 제물로 올렸다. 처음엔 그 풍경이 얼마나 낯설었는지 모른다. 지금은 명절 음식 중 간고등어를 가장 좋아한다. 간고등어와 익숙해지듯 안동의 며느리가 되어 갔다.

시댁은 여인들에게 낯선 공간이다. 그래서 명절이 되면 시댁에 가기 싫어하는 사람들이 많은지도 모른다. 낯선 시간 속에서 견디는 일은 나에게 간고등어가 그랬던 것처럼 몰랐던 세상을 처음으로 경험하는 일이다. 나도 큰형님이 없었다면 시댁과 친해지지 못했을지도 모른다. 군불을 지펴주는 누군가를 만나면 낯선 시간이 아랫목으로 변한다. 군불은 가슴을 따뜻하게 데워주는 마음불인가 보다.

나는 명절에서 멀어지는 꿈을 꾸지 않았다. 명절에 대한 따뜻한 풍경이 이미 선명한 문양으로 자리 잡았다. 군불의 온기가 미치지 않는 윗목에 서 있는 듯했다. 나와는 무관한 자리처럼 보여서 선뜻 앉아지지 않았다. 안동에 있는 아랫목이 늘 앉았던 내 자리였다. 큰형님이 군불을 지펴주던 곳이다.

세상에는 수고하지 않고 얻을 수 있는 소중한 것들이 많지 않다. 엄마와 큰형님이 해왔듯이, 정성과 수고로움이 함께 할 때 누군가의 가슴이 데워진다. 그래서 고향의 아랫목이 그토록 따뜻했나 보다.

나의 달을 품다

　땅에 닿을 듯하다. 하늘을 향하고 있는 주변의 소나무들과 다르게 가지가 아래로 휘어져 있다. 온몸을 동그랗게 구부리며 땅으로 내려오는 소나무에게 붙잡혀 반월성을 본다. 온달을 향하는 몸짓으로 보인다. 신라의 궁궐은 사라졌는데 터를 지키는 굽은 소나무가 있어서 반월성이 꽉 차 보인다. 사람도 굽은 소나무처럼 지켜주는 부모 덕분에 살아온 듯하다.

　청년의 손을 잡고 그녀가 걷는다. 청년은 그녀보다 덩치가 두 배는 커 보이는데, 행동은 세 살 아이 같다. 그녀는 몸이 다 자란 아들을 아이처럼 돌보느라 온몸

　　　　　　　　　지금 니 생각 중이야

이 땀으로 젖어 있다. 청년이 소리를 지르며 환하게 웃는다. 두려움 없이 무엇이든 만지며 하고 싶은 말을 거침없이 한다. 그녀도 나처럼 아들을 반월성처럼 바라보며 남은 반달을 채워주기 위해 굽은 소나무로 살아왔는지도 모른다.

아들이 태어나서 처음으로 배운 말은 뜻밖이었다. 대부분 아기는 엄마를 먼저 배우는데 아들은 '밖에'를 먼저 했다. 나만 알아들을 수 있는 어설픈 말이었다. 바깥세상이 얼마나 궁금했으면 엄마보다 밖에를 먼저 배웠을까. 아들은 현관문 앞에 앉아서 자신의 손바닥만 한 신발을 들고 '밖에'를 연달아 외쳤다.

아들은 자라면서 밖에서 살았다. 종일 밖에서 놀아도 어두워져서 집에 가자고 하면 금방 나온 아이처럼 아쉬워했다. 비가 오는 날은 놀이터가 혼자 심심하니 같이 놀아줘야 한다며 밖에 나가자고 졸랐다. 바깥세상을 향한 아들의 심장 소리는 그칠 줄 몰랐다. 아들이 언제까지나 가슴이 뛰는 그곳에서 살 수 있다고 믿었다.

갑자기 아들이 절뚝거리며 걸었다. 고관절이 죽어가는 병이었다. 그대로 두면 평생을 통증에 시달리며 절름발이로 산다는 것이었다. 의사는 삼 년 동안 걷지 않고 깁스와 보조기, 그리고 물리치료를 병행하면 나을 수 있다며 위로했다. 그러나 내 귀에는 아들이 걸을 수 없다는 말만 선명하게 들렸다.

의사는 야생마처럼 뛰어다니던 아들의 두 다리를 둘둘 말아서 허벅지까지 깁스해서 휠체어에 앉혔다. 그것도 모자라는지 다리를 여덟팔자 모양으로 벌린 뒤 오므리지 못하도록 나무토막을 넣어서 고정했다. 그런 상태로 잠을 잔다는 것은 쉬운 일이 아니었다. 아들은 밤마다 통증에 시달리며 울다가 잠들기를 반복했다. 아들의 고통을 대신해 주고 싶었지만 함께 울면서 밤잠을 설치는 것 말고는 내가 할 수 있는 것이 없었다.

축 처진 아들의 뒷모습을 멀찍이 서서 바라보았다. 밖을 바라보는 아들의 눈빛은 어디라도 구멍 하나를 뚫을 듯했다. 그날따라 하늘은 더 푸르고 맑아 보였다. 그러나 내 심정은 하늘 어디에도 둘 곳이 없었다. 아홉 살이 감당하기에는 너무 버겁지 않은가. 저렇게 몇 년을 어찌 산단 말인가.

아들을 업고 학교 계단 앞에 섰다. 교실은 4층이었다. 엘리베이터는 없었다. 아직 첫 계단을 밟지도 않았는데 등골에 진땀이 맺혔다. 계단을 올라갔다. 가

습골에 땀이 흘러내렸다. 아직 2층이었다. 다리가 후들후들 떨리고 허리에 통증이 왔다.

아들이 내 등에 얼굴을 대고 물었다.

"엄마, 나 무겁지?"
"아니, 10층까지도 갈 수 있어."

등 뒤에서 아들이 나를 꽉 껴안았다. 내 깍짓손과 다리에서 힘이 솟았다.

아들은 휠체어에 앉아서 공부했다. 그래서 아들의 아침은 변기에 앉아서 억지로 대변을 보는 것으로 시작되었다. 학교에서 갑자기 대변이 나오는 상황이 가장 곤란하기 때문이다. 소변을 받아줄 입구가 큰 병도 챙겼다. 마지막으로 도시락을 준비했다. 급식실이 지하에 있어서 아들은 교실을 남아 도시락을 먹었다. 체육 시간에는 아들과 내가 교실을 지켰다. 그런 일을 다 감당하면서도 아들은 학교를 좋아했다. 아들이 경험할 수 있는 밖이 학교라서 그랬는지도 모른다. 학교는 아들을 웃게 했다. 아들이 공부하는 동안, 나는 세 살 된 작은 아들과 교실 밖에서 기다렸다. 쉬는 시간이 되면 아들을 데리고 화장실에 가거나 복도를 돌면서 이야기를 나누었다.

비 오는 날 등교할 때는 한 시간 일찍 큰길에 가서 마음씨 좋은 택시 아저씨를 기다렸다. 택시 기사는 계속 우리를 못 본 척 지나갔다. 아침에 아픈 사람을 태우면 종일 운이 없다고 믿었다. 택시가 내 앞에 서지 않는 날은 비를 흠뻑 맞고 학교까지 걸어갔다. 아들은 커다란 비닐로 머리부터 발끝까지 덮은 상태였다.

아무도 말해주지 않았는데도 아들은 가야 할 길을 스스로 찾아갔다. 몸을 쓰는 일이 아니라 머리를 쓰는 일을 해야 할 것 같다고 어른처럼 진지하게 말했다. 그리고 경찰관에서 국문학 교수로 꿈을 바꾸었다. 싫어하던 책을 읽기 시작했다. 새벽까지 불을 켜놓고 공부도 했다. 밖을 좋아하는 아들이 안에서 생활하는 시간이 길어지면서 일어난 변화였다. 때가 되어서 얻어진 결과라면 기쁘겠지만, 휠체어에서 갑자기 커버린 아들이라서 가슴이 아렸다. 해마다 봄은 변함없이 찾아왔지만 내 속은 삼 년 내내 시린 겨울이었다.

아들은 고맙게도 온달이 되어 걸었다. 그래서 나에게 '고마운 달'이 되었다. 혼자서 온달이 되는 것은 어려운 일이었다. 몸이 휘어서 땅으로 가는 줄도 모르고 반월성을 지켜내는 굽은 소나무와 같은 존재가 있어야 가능했다. 자식의 반월성을 채우는 일이 부모에게는 온달이 되는 삶인가 보다. 나와 그녀도 아픈 자식에게 굽은 소나무와 같은 존재로 살아온 모양이다.

그녀를 따라 반월성을 걷는다. 그녀는 아이 같은 청년의 손을 잡고 앞에 걷고, 나는 내 안의 어린 아들과 손을 잡고 뒤를 따른다. 굽은 소나무도 맨 뒤에서 반월성을 품고 따라오는 듯하다. 마주 보고 서로 이야기를 나누지 않았는데 마음은 같은 곳에 가 있다. 누군가의 온달이 되기 위한 몸짓이 같은 방향을 향하고 있기 때문이리라.

반월성의 끝에서 그녀가 자신의 달도 만나기를 바랐다. 누구나 키우고 싶은 '나의 달'이 하나쯤 있게 마련이다. 아픈 자식에게 가려서 보이지 않았을 뿐이다. 자식을 품어주느라 그녀의 달은 조금씩 사라지고 있었던 모양이다. 그녀가 가끔 자신의 달도 따뜻하게 품어주면 좋겠다. 어쩌면 아픈 아들을 품느라 다 닳아버린 나의 달에게 하고 싶은 이야기인지도 모른다.

아랫목에 앉아서

5장

온기에서 피어난 글꽃

아플 때 지어다 먹는 당신

'찬비는 자란 물이끼를 더 자라게 하고 얻어 입은 외투
의 색을 흰 속옷에 묻히기도 했다'라고 그 사람의 자서전
에 쓰고 나서 '아픈 내가 당신의 이름을 지어다가 며칠은
먹었다'는 문장을 내 일기장에 이어 적었다

　　　- 박준 <당신의 이름을 지어다가 며칠은 먹었다> 중에서

　사업계획서와 씨름하고 있다. 그이를 만나서 출근
길에 벚꽃을 보면서 느꼈던 소소한 행복에 대해서 말
해 주고 싶다. 무단이탈을 해서라도 그이를 만나러
가고 싶다. 요즘 나는 온통 그에 대한 생각뿐이다. 직
장에서도 그가 보고 싶어서 일이 손에 잡히지 않는

다. 24시간 그와 함께 있고 싶다.

　사무실 분위기를 살피며 몰래 빠져나갈 궁리를 한다. 지금은 적절한 타이밍이 아니다. 그런데 그이가 보고 싶어서 못 참겠다. 사무실을 살짝 빠져나와서 중등부 교실로 갔다. 센터장님께 들킬까 봐 가슴이 콩닥거린다. 컴퓨터 앞에 앉아서 그를 기다렸다. 그이가 노란색 옷을 입고 나타났다. 그의 이름은 '수필'이다.

　가을에 수필을 처음 만났다. 시작은 직장에서 받는 스트레스를 해소하기 위해서였다. 친구들은 나이 들어서 머리 아프게 글쓰기 하면 건강에 좋지 않다고 걱정했다. 하지만 나는 글쓰기를 좋아해서 재밌었다. 수필을 만나는 화요일이 있어서 일주일이 더 즐거웠고, 직장에 가서도 자주 웃었다.

　수필을 만난 지 3개월이 지났다. 작품을 읽으며 감탄하고, 수필에 대해서 하나씩 알아가는 즐거움이 커서 1시간 30분이 무척 짧게 느껴졌다. 수필을 한 편도 쓰지 못했지만, 조급한 마음은 없었다. 언제든 마음이 일어날 때 쓰고 싶었다.

　다음 학기 수필등록을 하기 위해 문화센터에 갔다.

그런데 수필반 선생님께서 오전반이 없어진다고 했다. 이런 일이 생길 것이라고는 전혀 예상하지 않아서 당황스러웠다. 나는 직장에서 오후 2시부터 10시까지 일을 해야 하기 때문에 저녁반 수강은 불가능한 상황이었다. 하지만 수필은 나에게 가장 큰 즐거움을 주는 일이라서 계속하고 싶었다.

직장과 수필 중에서 어떤 것을 선택해야 할지 깊게 고민했다. 둘 다 할 수 있는 방법이 생각났다. 센터장님을 만나서 상황을 말씀드리고, 화요일만 7시에 퇴근해서 수필 수업을 계속할 수 있도록 배려해 달라고 부탁드렸다. 그 대신 그날은 아침에 일찍 출근해서 센터 업무에 차질이 없도록 근무시간을 다 채우겠다고 했다. 감사하게도 센터장님께서 흔쾌히 받아줘서 계속 수필을 만날 수 있었다.

산나물을 무치다가 엄마 생각에 눈물이 났다. 생전에 가장 좋아하시던 나물이라서 그랬다. 된장에 참기름을 듬뿍 넣고 조물조물 무쳐주면 참 맛나게 드셨다. 더는 엄마를 위해 따뜻한 밥상을 차릴 수 없어서 슬펐다. 어쩌면 엄마가 이 세상 떠날 때 곁에 있어 주지 못해서 더 그런지도 모른다.

엄마는 요양병원에 혼자 앉아서 갑자기 찾아온 죽음을 맞이했다. 나는 그때 엄마의 심정을 모른다. 그런데 엄마의 마지막 집이었던 요양병원에 대해서 수필을 쓰고 싶었다. '현대판 고려장'이라고 생각했던 요양병원에 엄마를 버렸다는 미안함을 늘 품고 있었던 모양이다. 요양병원 이야기를 다 쓰고 나면 엄마를 놓아줄지도 모른다.

'고려장'을 주제로 첫 수필을 쓰기 시작했다. 밥을 먹다가도 쓰고, 운전하다가도 쓰고, 직장에서 일하다가도 쓰고, 자다가도 벌떡 일어나서 썼다. 수필과 헤어지기가 너무 아쉬워서 뜬눈으로 밤을 새웠다. 귀에서 이상한 소리가 났다. 병원에 갔더니 과로와 수면 부족으로 급성 이명이 생겼으니 무리하지 말고 충분한 휴식을 취해야 한다고 했다. 처음으로 나이 드는 것이 서글펐다. 몸이 따라주지 않아서 수필을 마음껏 쓸 수 없어서다.

7개월 동안 배운 것을 떠올리며 흉내를 내보려고 노력했다. 처음으로 서두, 본문, 결미 그리고 의미화 작업을 생각하면서 글을 썼다. 어떤 내용으로 수필을 쓸 것인지 구상을 하는 것이 가장 어려웠다. 엄마를 잃은 슬픔을 표현할 단어가 '오열'밖에 떠오르지 않아서 답답했다. 내 마음속에 살아있는 엄마를 표현할 수필은 세상에 없었다.

처음에 '고려장'이었던 글이 '엄마의 꽃단장'인 수필이 되기까지 오래 품고 살았다. 수필을 품고 사니 복닥거리는 현실에서 멀어졌다. 걱정이 있던 마음자리에 수필을 하나둘 심었다. 글내기를 할 때마다 마음이 고요해졌다. 수필 쓰는 할머니가 되고 싶었다. 가장 좋아하는 일이 글쓰기라서 행복한 할머니가 될 것 같았다. 수필은 할머니가 되면 시작할 생각이었다. 그때가 되면 오롯이 수필만 볼 수 있을 것 같아서다. 그런데 수필을 만나보니 좀 더 빨리 시작하지 않았던 것이 후회가 된다.

화요일 밤 6시가 되면 화장을 고친다. 직장에서 지쳐있다가도 6시만 되면 산삼을 먹은 것처럼 힘이 솟는다. 늦은 나이에 뜨겁게 사랑할 수 있는 수필, 그이를 만나서 설렌다. 직장을 그만두고 그이만 보고 싶다. 그런데 때로는 나의 지나친 수필 사랑이 두렵다.

수필을 향한 뜨거운 사랑이 한순간 타오르는 불꽃으로 끝나지 않았으면 좋겠다. 내 글이 야생화처럼 무심하게 스며들기를 소망한다. 혹시나 그런 날이 온다면 내 수필은 홀리는 '그이'가 아니라 아플 때 지어다 먹는 '당신'이 될지도 모른다.

지금 니 생각 중이야

도끼질

"읽는 책이 우리 머리를 주먹으로 한 대 쳐서 우리를 잠에서 깨우지 않는다면, 도대체 왜 우리가 그 책을 읽는 거지? 책이란 무릇 우리 안에 있는 꽁꽁 얼어버린 바다를 깨뜨려버리는 도끼가 아니면 안 되는 거야."

– 프란츠 카프카 <변신> 중에서

얼어붙은 내 의식을 단번에 깼다. 초등학생 생활문 같았던 내 글에 '수필'이라는 이름을 붙여서 세상에 내어놓을 수 있었던 것도 선생님의 도끼질 덕분이었다. 부족한 내 글을 읽어주시는 것만도 감사한데 손수 도끼질하는 수고까지 기꺼이 해주셨다. 선생님께 도끼질 당하는 것이 좋아서 계속 글을 썼다.

내 글에 대한 사랑이 없으면 하기 어려운 일이다. 지금 생각나는 도끼질은 '필력이 부족하다'이다. 엄마의 삶과 길쌈을 의미화한 작품이었다. 내 글을 보며 늘 생각했던 것이다. 그런데 막상 선생님의 입을 통해서 들으니 머리를 도끼로 맞은 듯 정신이 번쩍 들었다. 카프카의 표현을 빌리자면 선생님은 내 머리를 쳐서 잠들어있는 의식을 깼다. 힘들이지 않고 편하게 글을 쓰고 싶어서 필력의 부족함을 모르는 척했던 모양이다.

나를 도끼질 해준 고마운 책도 있었다. <감옥으로부터의 사색>, <담론>, <강의>, <사기열전>, <짜라투스트라는 이렇게 말했다>, <사람만이 희망이다>, <나는 이렇게 될 것이다>, <탁월한 사유의 시선>, <사피엔스>, <코스모스>, <채식주의자>, <생각에 관한 생각>, <데미안>, <월든> , <대성당>, <철학vs철학>, <디퍼런트> 등이다. 시간이 흐르고 보니 얼음이 깨진 곳에서 글싹이 올라오고 있었다. 글싹을 키워서 누군가에게 나눠주고 싶었다. 그래서 글쓰기 공부를 시작했다. 선생님의 도끼질 덕분에 글내기를 계속할 수 있었다.

지금 니 생각 중이야

잊고 있었던 도끼질의 흔적을 찾아본다. '작가란 지금 글을 쓰는 사람이다'가 가장 선명하게 남아 있다. 습작의 중요성을 깨우쳐 준 도끼질이었다. 그날 이후 '오늘 글을 썼니?'라고 묻는 버릇이 생겼다. 흐트러진 마음을 다잡기에 좋은 말이었다.

매일 필사를 하도록 이끌어준 것도 선생님의 도끼질이었다. 처음엔 21일만 해보자고 시작했는데, 그 시간이 지나니 저절로 필사가 되었다. 새로운 일이 몸에 익숙해지기까지는 21일이 필요했다. 억지로 하는 필사가 아니라 즐거운 시간으로 자리 잡았다.

그런데 도끼질이 칭찬으로 바뀌었다. 그러자 갱년기라는 현수막을 내걸고 글을 쓰지 않았다. 계절이 세 번이나 바뀌었다. 망설임과 방황의 시간이 지나고 다시 가을이 찾아왔다. 선생님을 처음 만났던 날도 가을이었다. 다시 글이 쓰고 싶어졌다.

선생님은 밤을 밝히며 공들여 쓴 내 글에 다시 도끼질을 했다. 열다섯 토막으로 완성된 내 글은 도끼질로 잘려 나갔다. 몇 토막 남지 않은 날도 있었다. 남겨진 몇 토막도 구성이 맞지 않아서 연결해서 쓸 수 없었다. 도끼질에 잘려 나간 글이 아까워서 붙여보려고 애를 쓰기도 했다. 결국 버릴 수밖에 없었다. 그런데도 계속 도끼질을 당하고 싶었다. 도끼질이 좋아서 '감사 또 감사하옵니다'가 저절로 나왔다.

작가 김훈도 글자 하나를 퇴고하는 데 며칠이 걸리고 담배를 한 갑이나 피며 고민했다. 그렇게 만들어진 것이 칼의 노래의 첫 문장 "버려진 섬마다 꽃이 피었다"였다. 처음엔 '꽃은 피었다'로 썼다가 '꽃이 피었다'로 고친 것이다. 두 문장의 차이는 무엇일까. 꽃은 피었다는 꽃을 틀에 가두는 것 같고, 꽃이 피었다는 자유롭게 풀어주는 듯하다. 버려진 섬이라서 더 자유롭게 피어났는지도 모른다.

퇴고하기 싫어서 넣어둔 글이 생각난다. 김훈의 꽃처럼 꺼내서 자유롭게 보내주고 싶다. 정성을 들여서 퇴고하면 누군가를 안아주는 글이 될지도 모른다. 그런데 손이 가지 않는다. 도끼질을 당하고 싶은가 보다.

풍경
소리

풍경 달다

정호승

먼데서 바람 불어와
풍경소리 들리면
보고 싶은 내 마음이
찾아간 줄 알아라

휴대폰 무음을 해제시켰다. 여울 밴드 알림음이 듣
고 싶어서다. 여울님들과 함께 매일 '필사와 사유'를

시작하면서 일어난 변화다. 통신 없는 세상에서 살고 싶었다. 고요히 지내고 싶으면 휴대폰을 무음으로 해두고 종일 보지 않았다. 그런데 하루에 열 번 정도 울리는 알림음이 반가웠다. 힘든 시간을 보내고 있어서 여울님들 소리가 더 좋았는지도 모른다.

'여울'은 내가 오래 해온 도서관 독서 모임의 이름이다. 여울님들이 올려주는 댓글을 보며 좋아요를 꾹 눌렀다. 좋아서 댓글을 쓰고 싶을 때도 많지만, 혹시나 고요한 시간에 방해가 될까 싶어서 꾹 참았다. 좋아요로 내 마음을 전하기엔 부족해서 참 좋아요, 대빵 좋아요, 억수로 좋아요, 고마워요, 감동했어요, 가슴이 뛰어요, 궁금해요, 또 듣고 싶어요, 기다릴게요, 사랑스러워요가 있으면 좋겠다는 생각도 했다.

오늘이 필사와 사유 4일째다. 작심삼일이 넘었다. 21일만 날마다 꾸준히 해보면 기분 좋은 변화를 경험하게 될 것이다. 내가 해보니 그랬다. 사는 대로 사는 것이 아니라 생각한 대로 살게 되었다. 여울님들도 늘 살던 대로 하루를 채우는 것이 아니라 깨어있는 하루를 만들어가는 자신을 만날지도 모른다.

나는 그것을 '여울효과'라고 부르고 싶다. 1년 뒤 여울님들과 마주 앉아서 함께 만든 '여울효과'에 대해서 가슴을 나누는 시간을 갖게 되면 좋겠다. 그런 기분 좋은 상상을 하며 필사와 사유를 올리고 있다. 변화하기 위해선 꾸준히 실천하는 것이 필요하다. 작은 움직임이 매일 반복되면 기적을 만들어낼 수 있다. 여울님들이 1년 동안 날마다 함께 필사하고 글을 쓴다면 '나비효과'를 무색하게 하는 '여울효과'가 일어날 것이다.

대단한 사람이 되자는 것은 아니다. 그냥 한 번뿐인 삶인데, 어쩌면 얼마 남지 않았을 수도 있는데, 지금 나를 안아주면서 살자는 것이다. 누군가는 지금 만나는 사람이 내 미래라고 한다. 니체는 지금 자신의 모습이 미래에도 계속 반복된다는 '영원회귀'를 말했다. 지금을 어떻게 사는지가 중요하다는 것을 말해준다. 불교대학에서 배운 것을 살짝 빌리자면 '지금 깨어있기'다.

여울님들의 사유를 읽으며 <사피엔스>라는 틀에 사람을 가두었던 나를 보았다. 인간이 살아온 기나긴 역사는 사피엔스라는 책 안에 가둘 수 있는 것이 아니었다. 우리가 알고 있는 몇 권의 역사책이 역사를 제대로 말할 수 없는 것과 같다. 내 삶도 제대로 살아내지 못하면서 독서모임에서 인류의 역사에 대해서 함부로 말한 내가 부끄러웠다.

역사는 지배자에 의해서 쓰인 이야기인지도 모른다. 그들은 농부들의 피와 땀이 담긴 잉여 식량으로 부를 축적하고 그들이 가진 언어의 힘으로 상상 속의 질서를 만들어냈다. 그리고 그것에 '역사'라는 이름을 붙였다. 사람들을 철저하게 교육해서 역사가 상상 속의 산물이 아니라 사실이라고 믿게 만들었다. 그들은 상상속의 질서의 하나인 역사를 이용해서 서로 모르는 사람들을 협력하게 하고 그들이 바라는 세상을 이루었는지도 모른다.

여울님들 덕분에 내 안의 틀이 깨지는 소리가 들렸다. <데미안>의 주인공처럼 이제야 알을 깨고 나오는 것일 수도, 친구 미희처럼 이제 태어나 한 살이 되는 것일지도 모른다. 필사와 사유 글로 매일 만나는 여울 밴드 덕분이다. 여울님들께 보답하고 싶어서 시작한 건데, 하다 보니 내가 선물을 듬뿍 받고 있다. 나는 여울님들 가슴에서 나오는 따뜻한 선물을 날마다 받는 시간이 참 좋다. 그래서 여울 밴드 알림음이 울릴 때마다 아이처럼 좋아서 밴드를 열어본다.

지금 니 생각 중이야

하루에 열 번도 넘게 선물을 열어보며 좋아라 웃는다. 그 시간이 참 고맙다. 같은 글을 보고 다르게 풀어내는 사유를 읽으며 나의 모자란 내면을 가꾸고 그들의 사는 법을 배운다. 나 혼자서는 할 수 없는 일이다. 여울님들이 내 가슴에 날마다 군불을 때주는 듯하다. 그들의 온기로 엄동설한을 견뎌냈다.

여울 밴드는 나에게 살아있는 책이다. 우물에서 맑은 물이 솟아나듯, 여울님들 가슴에서 날마다 새로운 책이 써진다. 밴드 알림음과 함께 전해지는 고마운 선물은 늦은 밤 숙이 언니가 마무리한다. 언니의 알림음은 엄마의 자장가처럼 포근하게 들려서 잠이 잘 온다. 여울님들은 날마다 내 마음에 들어오는 풍경소리가 되었다.

서로에게 풍경소리가 되었던 이야기를 <여울풍경>으로 만들어서 선물로 주었다. 가끔 여울님들이 나에게 카톡을 보낸다. <여울풍경>을 읽다가 잃어버린 자신을 만났다며 그때 썼던 글을 캡처해서 보내준다.

지금은 내 마음이 여울님들 찾아가서 풍경소리가 되는가 보다. 살다 보면 이렇듯 고마운 풍경소리를 듣는다. 별것 아닌 것 같지만 도움이 되는 풍경소리다.

아랫목

무슨 이야기든 다 들어줄 듯했다. 말 한마디, 몸짓 하나에도 경청이 담겨 있었다. 그곳에 있으면 말 한마디 하지 않아도 속 이야기를 다 털어놓은 것 같았다. 그래서 오래 머물게 되는 곳이다. 남이 사는 공간에서 이런 느낌을 받은 것은 처음이었다. 내 집이라도 그렇지 않을 때가 많았다. 주인장 가슴에서 나오는 온기가 그곳을 데우고 있는지도 모른다.

오래된 한옥골목에 깊게 자리하고 있었다. 그래서 처음 가는 날은 주변을 여러 번 돌아야 찾을 수 있었다. 나무로 된 작은 간판이 담장에 세워져 있어서 더

154

눈에 들어오지 않았다. 나는 길치라서 한옥골목을 한 시간 돌고 돌아서 겨우 찾았다. 그 모든 수고를 웃으며 감당하게 하는 곳이었다. 참 좋은 사람은 그 자신이 이미 좋은 세상이라는 시가 어울리는 집이었다.

마당 한가운데 자리 잡은 평상을 보니 여름밤 모기장을 치고 누워서 별을 세던 추억이 생각났다. 은비녀를 꽂은 엄마가 마루에 앉아 길쌈을 하는 풍경도 떠올랐다. 그런데 뜻밖에도 이십 대 후반으로 보이는 젊은 부부가 아이처럼 맑게 웃으며 서 있었다. 집은 주인을 닮나 보다. 책방을 들어설 때 떠올랐던 풍경이 젊은 부부의 표정에 고스란히 담겨 있었다. 어릴 때 친구들과 했듯이 목단꽃 활짝 핀 목화이불을 덮고 밤늦도록 이야기를 나누다가 함께 잠들어도 좋을 듯한 사람들이었다.

내가 한 질문 하나에 주인장은 손 글씨로 두 장을 빼곡하게 써서 답했다. 주인장이 준 하얀 종이에는 책방에서 하는 다양한 독서모임에 대한 이야기가 정성으로 쓰여 있었다. 사람의 진정성은 이런 마음을 두고 하는 말이 아닐까 생각했다.

토지 읽기, 환경 살리는 책 읽기, 소리 내어 읽기, 일요독서모임 등 참여하고 싶은 활동이 많았다. 한 달에 두 번, 일요일에 하는 독서토론을 신청했다. 도서관에서 진행하는 것처럼 선생님이 따로 있지 않고, 회원들이 자발적으로 책을 정하고 발제를 맡아서 했다. 발제자가 회원 중 한 명이고 할 때마다 바뀐다는 점이 신선했다. 선생님 한 분이 진행하는 도서관 독서토론을 오래 했기 때문에 회원들이 발제문을 만들어서 진행하는 모임이 무척 궁금했다.

그들이 살아온 이야기는 듣기만 해도 참 고마운 시간이었다. 연령대가 이십 대부터 오십 대 후반까지 있고, 직업도 다양하고, 남녀가 섞여 있었다. 연령대마다 바라보는 시선이 다르고 성별마다 생각이 달랐다. 그리고 직업에 따라 세상을 다르게 보았다. 책은 하나의 매개일 뿐 그들이 살아온 이야기가 백미였다. 어린 사람은 나이 많은 사람들을 만나서 배우고, 나처럼 나이가 많은 사람은 젊은 사람들을 자주 만나서 그들의 이야기를 들으며 배웠다. 사고가 유연해져서 내 생각에 갇히지 않게 되었다.

독서모임은 발제자가 쓴 발제문으로 새로운 길을 보여주었다. 그날의 발제문은 나에게 길이 되었다. 발제자가 맨 앞에 서서 걸어갔다. 회원들은 그 길을 따라가다가 잃어버렸던 자신의 길을 만났다. 때로는 알지 못했던 새로운 길을 발견하고 그곳을 향해 첫 발을 내딛기도 했다. 길은 어디든 다 연결되어 있지만, 길을 찾아 떠나지 않으면 만나지 못한다. 책방은 혼자 사는 길 위에서 글로 가슴을 열고 사람을 만나게 하는 곳이었다. 글이 삶이 되게 하는 귀한 시간이었다.

책방을 다니며 나를 안아주었다. 그래서 책방까지 가는 길이 즐거웠다. 내 생애 가장 힘들었던 시간이라서 더 자주 책방을 갔는지도 모른다. 그곳에 가면 있는 그대로 품어주는 따뜻함이 있었다. 내가 좋아하는 엄마와 모모가 사는 듯했다. 헌책만 있는 작은 방에 있으면 다락방에서 책을 읽는 것 같았다. 내 글이 자라서 책방 주인장을 닮은 이야기 한편이 쉽게 쓰여질 것 같은 곳이었다. 책방에서 산 누런 공책을 펼쳐서 글을 썼다. 그날부터 공책에서 내 꿈이 날마다 자랐다.

엄동설한에 앉았던 아랫목은 잊을 수 없는 따뜻함이다. 나에겐 책방과 독서모임이 그랬다. 얼마 전에 책방 주인장에게 손편지를 받았다. 한 번도 책방에 대한 내 마음을 말하지 못했는데, 주인장은 다 읽고 있었다. 따뜻함에 눈물이 났다. 편지를 읽고 또 읽었다. 조금이나마 보답하고 싶었다. 그래서 하루에 한 챕터씩 책을 읽고 책방 독서밴드에 내 생각을 써서 올렸다. 주인장에게 받은 손편지에 대한 답장이었다. 아랫목의 온기를 글로 나누는 시간이 되었다. 어쩌면 책방에서 받은 따뜻함으로 내 가슴을 데우고 싶었는지도 모른다.

책방 부부는 지금도 군불을 지피며 누군가를 기다리고 있다. 그들만의 방식으로 아랫목을 만들어 사람을 살리는 일을 한다. 글이 가슴을 지피는 땔감이 되게 만드는 사람이다. 그래서 헌 책들도 땔감의 역할을 충분히 다 해낸다. 글은 그것을 품어주는 사람이 누구인지에 따라 온도가 달라지는 듯하다. 책방 부부 덕분에 내가 품고 있는 글도 따뜻해졌다.

지금 니 생각 중이야

그냥 두기

그냥 둔다

이성선

마당에 잡초도
그냥 둔다

잡초 위에 누운 벌레도
그냥 둔다

벌레 위에 겹으로 누운

산 능선도 그냥 둔다

거기 잠시 머물러
무슨 말을 건네고 있는

내 눈길도 그냥 둔다.

시를 읽는 내 눈길을 그냥 둔다. 시인에게 잠시 머물러 마음을 전하고 있는 내 가슴도 그냥 둔다. 가슴에 나오는 말을 쓰는 내 손길도 그냥 둔다. 글쓰기는 그냥 두는 마음에서 시작된다는 내 생각도 그냥 둔다.

책 쓰기 북 투어 때 '그냥 둔다'를 낭송했다. 좋아하는 시를 낭송하며 마음을 나누는 시간이었다. 옛날에는 로버트 프로스트의 '가지 않은 길'을 낭송했다. 나는 가지 않은 길을 간절하게 바라보다가 사람들이 적게 간 그 길을 선택했고 3년 동안 고군분투하며 걸었다. 가지 않은 길을 동경하던 내 마음은 지나간 계절이 되었다. 지금은 '그냥 둔다'가 제철이다.

그냥 두니 자유롭다. 더는 안치환의 '자유'를 투쟁하듯 부르지 않는다. 자유는 자유를 외친다고 오는 것이 아니었다. 온전히 나로 사는 자유는 그냥 두면

지금 니 생각 중이야

되는가 보다. 누군가에게 그런 자유를 줄 수 있다면 관계가 따뜻해질지도 모른다.

그냥 두면 고요해진다. 자신의 프레임 안에 누군가를 가두려는 사람들은 요란하다. 그리고 조급하고 불안도 깊어진다. 그냥 두는 마음은 기다림이고 믿음이다. 흙탕물은 때가 되면 스스로 가라앉을 것이다.

그냥 두면 저절로 명상이 된다. 내면의 목소리를 듣고 알아차리는 시간이다. 자신이든 타인이든 그냥 두는 시간은 묵언수행과 같다. 불필요한 곳에 에너지를 쓰지 않고 지금에 깨어있게 된다. 그냥 두기가 깊어지면 따로 명상센터를 찾아가지 않게 될 것이다.

그냥 두기는 멍때리기다. 언젠가 멍때리기 대회에서 1등한 9살 아이를 TV에서 보았다. 아이는 하루에 9개 정도의 사교육을 받았고 밤 9시가 넘어야 일과가 끝났다. 아이가 멍때리기에서 1등한 이유가 이해되었다. 아이는 멍때리기를 참 잘했다. 아이에게 멍때리기의 시간이 간절히 필요했던 모양이다.

그냥 두기는 놀기다. 언니는 9살 아이보다 더 팍팍하게 하루를 보낸다. 잠시라도 자신을 그냥 두면 불안하다는 것이다. 직장과 가정에서 이미 무리해서 많은 일을 하고 있는데도 그런다. 자투리 시간이 생기면 자기 계발을 위해 책을 읽거나 강의를 들으며 공부를 한다. 잠자기 전에도 졸려서 더는 버티기 힘들 때까지 책을 읽는다. 한동안 자신에게 멍때리기의 시간이 필요함을 알았다며 그것도 밀린 숙제 하듯이 해치웠다.

나도 오래 놀지 못했다. 새벽 1시까지 논술 수업을 하던 시절이었다. 친구가 왔다가 편지를 남기고 갔다. 노란 편지지 한 장이 '놀자'로 채워져 있었다. "놀자놀자 친구야 놀자 놀자놀자 많이 놀자 놀자놀자 재밌게 놀자"로 가득한 편지였다. 그제야 놀지 못한 내가 보였다. 그때부터 재미나게 놀았다. 연중무휴로 까맣게 일하던 나에게 빨간 날을 선물로 주었다.

지금 그냥 두기는 풀어 두기다. 오랜만에 고향 집에 드러누워 손목시계를 풀고 가슴을 풀어두는 시간이다. 나는 지금 아무것도 하지 않는 풀어 두기가 있어서 참 따뜻하다. 가끔 내가 그렇게 살아도 여름은 가고 가을이 왔다. 그냥 두기가 일상이 된다면 내 몸에 오래 살았던 통증이 고요히 떠날지도 모른다.

지금 니 생각 중이야

1시간이
1분 같은

청소

글쓰기를 하면
1시간이 1분 같다

남편이 말한다
"그만 써라."
나는 1분 쓴 건데…

집 청소를 하면
1분이 1시간 같다

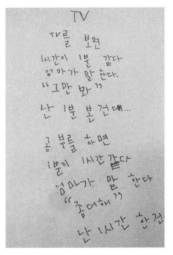

남편이 말한다
"좀 더 해"
나는 1시간 한 건데…

　아이가 쓴 글이 좋아서 따라 해본다. 원작이 진정성 있고 재밌어서 패러디한 내 글도 그래 보인다. 아이 덕분에 아이를 닮은 시를 한 편 써보고, 글쓰기란 무엇인가에 대한 거창한 정의 내리기를 버렸다. 참 고마운 아이다. 오늘은 아이가 내 글쓰기 스승이다.

　이 글은 엄마와 아이 사이를 객관적으로 볼 수 있어서 좋다. TV를 보고 싶은 아이와 공부하기를 바라는 엄마가 부모와 자식의 인연을 맺고 한집에서 살고 있다. 이 집뿐 아니라 주변에서 흔하게 볼 수 있는 풍경이다. 부모와 자식 사이의 거리는 공부에서 비롯되는 경우가 많다. 어떤 엄마가 우연히 이 글을 읽게 된다면 공부에 지친 아이를 따뜻하게 품어줄지도 모른다.

　누군가의 글쓰기도 이 아이를 닮았으면 좋겠다. 아이의 삶이 곧 글이 되었다. 아이의 마음이 투명하게 보인다. 읽으면서 저절로 아이 마음이 이해되어 TV를 켜주고 싶어진다. 이렇듯 독자가 공감하면 글쓰기의 혜택은 세 배로 커진다. 하나는 쓰면서 마음을 풀

　　　　　　　　　　　지금 니 생각 중이야

고, 둘은 자신을 이해해주는 독자를 만나고, 셋은 자신이 누구인지 사유하는 시간을 갖는다.

아이 덕분에 남편과 나 사이에 살고 있었던 청소를 본다. 그에겐 청소가 1시간이 1분처럼 좋은 것이었고, 나는 1분이 1시간 같이 지루한 일이었다. 부부로 한 집에 오래 살아도 서로에게 물들지 않았다. 부모와 자식이 공부를 사이에 두고 사랑을 잊듯이, 우리 부부도 청소라는 프레임에 갇혀서 좀 더 잘하기만 바랐다.

안창호 선생님도 이런 안타까움으로 '정의돈수(情誼惇修)'를 말했는지 모른다. 서로를 사랑하는 마음이 중요하다는 것이다. <안창호평전>에서 소에게 무엇을 먹일지 토론만 하다가 소는 굶어 죽은 것처럼, 우리도 청소만 말하다가 소중한 사랑을 잃어버렸나 보다. 그래서 '뭣이 중헌디'가 생각났던 모양이다.

아이는 글쓰기를 하며 1시간이 1분처럼 느껴지는 꿈을 키우게 될 것이다. 글쓰기는 말하기보다 힘이 세기 때문이다. 아이는 '1분이 1시간 같은 일을 하며 살지 말아야지' 하며 싹을 틔웠다. 글싹이 자라서 좋아하는 일을 하는 어른으로 성장할 것이다.

나는 일기로 글싹을 틔웠다. 초등학교 때부터 일기 쓰는 시간이 참 좋았다. 일기 쓰기를 싫어하는 숙제로 생각했던 친구들과 달랐다. 내가 생각한 것이 글로 태어나는 것이 마냥 신기했다. 사춘기로 가슴이 휘몰아칠 때도 일기로 마음을 풀어냈다.

효도를 한다는 그럴듯한 명분을 내세우며 야간고 등학교를 자발적으로 선택했을 때, 일기장만 들고 가출할 정도였다. 글을 쓰기 시작한 때부터 중학교를 마칠 때까지 써온 일기장이었다. 무모한 선택으로 억울하고 부당한 환경 속에서 여고 시절을 보냈다. 그 시간을 견디게 해준 친구도 일기였다

글쓰기가 좋아서 글쓰기 선생님이 되었다. 아이들 글을 날마다 읽을 수 있어서 참 좋았다. 그래서 내 글의 롤모델은 아이들 글이 되었다. 아이처럼 쓰고 싶지만 내 삶이 아이 같지 않아서 무겁고 진지해졌다. 그래도 아이에게 물들고 싶어서 아이들 글을 오래 품고 살았다.

오십에 혼자 살아보니 1시간이 1분처럼 좋은, 글쓰기가 있어서 따뜻하다. 글쓰기 덕분에 혼자 있어도 외롭거나 심심하지 않다. 오히려 더 충만하다. 나에

게 글쓰기는 1시간이 1분 같은 일이 되었다.

　시간 가는 줄 모르는 일이 있으면 자신을 충만하게 안아주게 된다. 내가 글을 쓰며 좋아할 때 언니는 수를 놓고 친구는 벨리댄스를 추며 웃었다. 그들도 나처럼 지금, 자신을 안아주며 살고 있나 보다.

언능 집에 가서 글 써야 헌당께

엄마의 방에는 삼만 있었다. 그런데 방이 따뜻해 보였다. 삼 냄새가 방에 깊숙이 스며들었다. 그래서 엄마 몸에선 삼 냄새가 났다. 나는 다른 엄마들 몸에 서도 삼 냄새가 나는 줄 알았다. 엄마와 삼이 한 몸처럼 느껴졌다. 가느다란 삼은 엄마의 손끝에서 끝도 없이 이어졌다. 먼저 간 자식 둘은 가슴에 쟁여 묻었지만, 남은 자식들을 끝까지 지키리라는 엄마의 인연 줄 잇기였는지도 모른다.

엄마는 아버지가 다른 아낙을 품어서 화병으로 입원했을 때도 삼만 찾았다.

지금 니 생각 중이야

"언능 집에 가서 삼 삼어야 헌당께."

삼이 엄마에겐 유일한 속풀이였던 모양이다. 엄마를 위해 베틀이라도 버쩍 들어다가 병실 가운데 놓아주고 싶었다. 하지만 침대 기둥에 삼줄 하나도 걸어주지 못했다.

엄마는 퇴원 후에 성치 않은 몸으로 땡볕 아래에서 아버지의 구멍 난 런닝구가 흠뻑 젖도록 일을 했다. 나는 시원한 나무 아래에서 친구들과 노는 재미에 빠져 밭에 있는 엄마를 잊었다. 밤이 되면 엄마는 베틀에 앉아서 늦게까지 베를 짰다. 엄마를 생각하면 구멍 난 런닝구와 자장가처럼 들었던 베 짜는 소리가 또렷하게 기억난다. 오랜 세월이 흘러도 변하지 않는 아린 풍경이다.

엄마가 소녀처럼 들뜬 날도 있었다. 손수 삼은 삼으로 짠 삼베를 들고 시장에 가는 날이다. 삼베를 팔아서 사야 할 것들을 생각하며 밤새 잠을 설쳤는지 엄마는 첫새벽에 일어났다. 머리를 감고 참빗으로 가르마를 가른 뒤에 쪽머리를 곱게 단장하고 첫차를 타고 시장에 갔다. 그런 날은 나도 덩달아 신이 나서 당산나무 아래에서 장에 가신 엄마가 오기를 종일 기다렸다.

해가 넘어서야 엄마 모습이 보였다. 그런 날은 삼베를 한 필도 못 팔고 오는 날이었다. 엄마는 시장 바닥에 종일 쭈그리고 앉아서 어둠이 내릴 때까지 삼베를 팔지 않았다. 삼베를 헐값에 사고자 하는 사람이 많아졌다. 인조 삼베에 도매금으로 취급당하는 것이 싫었던 엄마는 당신이 원하는 값을 받기 전에는 삼베를 팔지 않았다. 평생 어떤 것에도 욕심을 내지 않던 엄마였다. 그런데 삼에 대한 엄마의 마음은 특별했다. 삼은 엄마의 삶이라서 그랬던 모양이다.

아흔이 될 때까지 엄마 곁에 있어 준 것은 가족이 아니라 삼이었다. 가족은 엄마의 속병을 만들고 삼은 엄마를 안아주었는지도 모른다. 엄마에게 삼이 없었다면 아흔까지 사시지 못했지 싶다. 삼은 엄마가 유일하게 펼칠 수 있는 당신만의 따뜻한 세상으로 보였다. 그것이 무엇이든 자신을 안아주는 사물 하나쯤 있어야 살아내지 않겠는가.

나에겐 글쓰기가 나를 안아주기였다. 엄마의 길쌈처럼 글을 쓰면 마음이 편안해졌다. 엄마를 닮아서 내 방에 혼자 앉아서 나를 안아주는 시간이 그토록 좋았던 모양이다. 삼 냄새가 엄마 몸에 스며들듯이 내 몸에는 묵향이 깊게 스며들었다. 그래서 '언능 집에 가서 글 써야 헌당께' 하면서 살았나 보다.

리셋 하기

b장

내 북소리가 들린다

환대

방문객

정현종

사람이 온다는 건
실은 어마어마한 일이다

그는
그의 과거와
현재와
그리고

지금 니 생각 중이야

그의 미래와 함께 오기 때문이다
한 사람의 일생이 오기 때문이다

부서지기 쉬운
그래서 부서지기도 했을
마음이 오는 것이다

그 갈피를
아마 바람은 더듬어 볼 수 있을 마음,
내 마음이 그런 바람을 흉내 낸다면
필경 환대가 될 것이다

　혼자서 멍때리기 여행 중이다. 느린 무궁화 기차를 타고 노랗게 익어가는 들판을 보며 영주에 왔다. 영주는 멍때리기가 그냥 되는 곳이다. 순흥전통묵집에서 묵채를 먹고 선비촌 카페에서 커피를 마셨다. 그리고 선비촌, 소수서원, 부석사를 산책했다. 비가 와서 가을이 더 선명해 보였다.

　저녁에 옛날 여인숙을 게스트하우스로 변신시킨 '소백'에 갔다. 라운지와 테라스의 밝은 불은 다 끄고 은은한 무드등만 켜고 소파에 드러누워 늦은 밤까지 오래도록 멍때리기를 했다. 주인장이 없고 방문객도

나 혼자라서 누릴 수 있는 호사였다. 숙박비 3만 원을 내고 천만 원쯤 되는 환대를 받은 듯했다.

소백에서 고향처럼 다 풀어놓고 푹 쉬었다. 다음 날 렌터카를 마당에서 종일 놀게 하고 계획했던 영주 투어를 포기했다. 종일 소백에서 쉬었더니 보약을 먹은 듯 건강한 에너지가 채워졌다. 조선 중종 때의 천문지리학자인 남사고가 영주의 소백산은 사람을 살리는 산이라고 했다는데, 내가 묵고 있는 '소백'에도 그런 기운이 흐르나 보다.

영주 여행에서 두 사람을 만났다. 그들은 처음 본 나에게 아픈 사연을 들려주었다. 카페 사장님은 오십 대 후반쯤 되어 보이는 남자분인데 이혼한 지 10년이 되었고, 오래 꿈꾸던 카페를 시작한 지 한 달쯤 되었다고 했다. 사람들이 이혼하고 혼자 사는 남자를 부정적으로 바라보는 듯해서 지금까지 아무에게도 말하지 않았단다. 카페를 운영한 지 한 달 만에 600만 원을 벌었는데, 자신을 안아줄 시간이 없어서 많이 지친다고 했다.

또 한 사람은 55세 여인이다. 그녀의 남편이 1년 전에 갑자기 병으로 세상을 떠났다. 예술가로 멋지게

지금 니 생각 중이야

살아온 남편 이야기를 하며 남편보다 더 좋은 사람은 만나지 못할 거라고 했다. 그러다가 "비가 와서 처음 보는 분한테 먼저 떠난 남편 이야기까지 하나 봅니다" 했다. 혼자 남겨진 애들 아빠의 이야기를 듣는 듯 가슴이 아렸다.

두 분은 나에게 귀인이었다. 나는 그저 들어줄 뿐 내 이야기를 하지 못했다. 숨기고 싶어서 그런 것은 아니다. 두 분이 나보다 더 아파 보였기 때문이다. 누군가 그랬다. 상처받은 사람에게 해줄 수 있는 것은 그 사람보다 더 아픈 곳을 보여주는 것이라고. 이혼을 당하고 10년을 혼자 산 중년의 남자와 사별한 중년 여자에게, 자발적으로 혼자 살기를 선택하고 3년 반 동안 고군분투한 이야기를 할 수는 없었다.

이유가 무엇이든 그분들은 혼자 살기를 당한 피해자이고 나는 누군가를 혼자 살게 만든 가해자이기 때문이었다. 그래서 애들 아빠한테 많이 미안하다. 그러나 미안하지 않기 위해서 함께 살아줄 온기도 남아 있지 않았다. 나에게 군불을 지펴서 나를 살려야 했다. 그런 내가 두 분에게 무슨 말을 하겠는가!

자려고 누웠는데 정현종의 시 '방문객'이 생각났다.

오늘처럼 환대를 받으면 떠오르는 시다. 고요히 시를 읽으며 그 남자와 그 여자가 나에게 온 마음을 더듬어 보았다. 사람이 나에게 오는 마음은 정말 어마어마한 일이다. 내 마음은 그 마음을 흉내 내지 못하고 환대만 받았다. 2박 3일 동안 참여했던 꿈벗 프로그램도 그랬다. 어쩌면 그때 받았던 환대에 조금이라도 보답하기 위해서 지금 글을 쓰는지도 모른다.

영주의 충만함에서 끝냈어야 했다. 내 몸으로 전남 신안군 퍼플섬까지 가는 것은 처음부터 무리였다. 그래도 보라색 다리를 건너가고 싶어서 퍼플섬에 갔다. 무리해서 많이 걸었더니 아킬레스건에 염증이 생겼다. 뭐 좀 해보려고 하니 몸이 따라주지 않는다. 내 치명적 약점은 고장 난 몸인가 보다.

몸이 무너지면 아무것도 할 수 없다는 진리를 다시 받아들인다. 11대 풍광에 빠져서 내 아킬레스건을 잊고 있었다. 허리, 골반, 목, 어깨, 손목에 아킬레스건 통증이 보태졌다. 아킬레스건이 아프니 11대 풍광은 잊고 통증에만 집중하게 된다. 나를 환대하지 못한 대가다. 환대는 타인에게만 하는 것이 아닌가 보다.

지금 니 생각 중이야

누군가 보내준 온기

하늘에 감도는 가을빛이 절정이다. 뭔가에 홀린 듯 하늘만 쳐다보았다. 뜨거운 여름을 꿋꿋하게 견뎌냈기에 저렇게 어여쁜 하늘이 되었을 것이다. 하늘은 우리에게 가을을 선물하기 위해 모든 준비를 마친 듯하다. 나는 아무것도 한 것이 없는데 하늘은 자신의 모든 것을 다 내어주었다. 그런 하늘을 닮은 사람들이 있다. 자연이 주는 선물을 쉽게 잊어버리듯 그들이 나에게 준 온기도 오래도록 잊고 살았다.

고등학교를 입학하고 한 언니를 만났다. 나보다 두 살이 많았지만 나와 같은 신입생이었다. 언니는 어려운 가정형편 때문에 초등학교를 졸업하고 객지로 나와 낯선 곳에 적응하고 뿌리를 내렸다. 어린 나이에 혼자 자취를 하며 쌀을 살 돈이 없어서 라면으로 끼니를 때울 때가 많았다. 언니는 회사에 가면 재봉틀 앞에 한자와 영어단어를 써서 붙이고 그것을 읽고 또 읽으며 일을 했다. 사장님이 그 모습을 보고 야간중학교에 보내주었다. 언니는 그렇게 혼자 힘으로 중학교를 마쳤다.

우리는 노동자의 설움을 이해하는 여고 시절을 보냈다. 언니와 함께 윤동주 시를 읽으며 동주처럼 살기를 꿈꾸었고, 별이 빛나는 밤에를 들으며 음악에 취해서 하루를 마무리했다. 그럴 때면 야학을 하기 위해 감당해야 했던 회사의 부당한 횡포를 잊고 맑게 웃는 여고생이 되었다. 같은 길을 함께 걸어주는 언니가 있어서 내 몸을 괴롭혔던 병도, 쉬는 날 없이 강행했던 노동의 고단함도 이겨낼 수 있었다.

언니는 내가 산동네 단칸방에서 첫 아이를 낳았을 때 직장을 휴직하고 와서 한 달 동안 산후조리를 해주었다. 언니의 직장은 서울이었는데 울산까지 한걸음에 달려왔다. 언니는 산후조리에 대해 아는 것이 별로 없는 아가씨였다. 그때는 더위가 절정이었는데 산모는 땀을 흘리며 몸조리를 해야 하는 줄 알았다. 삼복더위에 연탄불로 방을 지펴서 불가마 속에서 한 달을 보냈다.

언니는 내 몸에 바람이 들까 봐 선풍기를 한 번도 켜지 않았다. 아이가 계속 울었던 이유도 더위 때문이었다는 것을 오랜 세월이 흘러서야 알았다. 언니는 연탄불 앞에서 땀을 뻘뻘 흘리며 한약을 달였다. 정성으로 달여서 먹어야 산모에게 약이 된다고 믿었다. 내가 둘째 아이를 낳았을 때도 언니는 몸조리를 해주었다. 그때는 언니도 결혼을 해서 아이가 있었다. 내 아이들과 언니네 아이들까지 넷을 챙기며 나를 품어주었다.

언니의 품은 참 따뜻했다. 지금의 내 나이에도 하기 힘든 어른 노릇을 언니는 십 대 후반부터 하고 있었다. 중년이 지나는 어느 길에서 '살아내다'라는 말이 내 심장을 뚫고 들어왔다. '어른이 된다'는 말로 느껴졌기 때문이다. 살아내다는 자연처럼 하루하루를 묵묵히 감내하며 대가를 바라지 않고 겸손하게 사는 모습인 듯하다. 언니의 삶이 그러했다. 나는 오십이 되어서야 언니의 품을 흉내 내고 있다.

뜨끈한 밥으로 내 가슴을 데워준 친구도 있다. 살다 보면 지쳐서 어디론가 소멸하고 싶은 순간이 있다. 그럴 때는 혼자 동굴에 들어가 고통을 견딘다. 그런 날, 친구는 집에 와서 밥이나 먹고 가라고 편지한다. 내가 좋아하는 반찬이 다 있었다. 어미가 아픈 자식을 위해 차린 밥상 같았다. 가슴속이 뜨거워지면서 눈물이 차올랐다.

친구는 삼십 년 동안 나에게 그런 밥을 셀 수 없을 만큼 많이 차려 주었다. 친구는 할 줄 아는 것이 밥밖에 없다며 미안해했다. 아들이 아파서 걷지 못했을 때도, 엄마를 떠나보내고 슬픔에 젖어 있을 때도, 군대에 간 아들이 아파서 병가 내고 집에 와 있을 때도 친구는 밥을 해주었다. 그런 밥을 먹으면 누구라도 다시 힘을 내어 살 수 있다. 친구의 밥 덕분에 오늘을 살고 있는지도 모른다.

나를 부모님 같은 가슴으로 품어준 선생님이 있다. 나는 늦둥이 막내인데도 맏이처럼 씩씩하게 살았다. 힘든 내색을 하지 않는 게 습관이 되었다. 오랜 세월 함께 한 남편에게도, 부모님께도 못해 본 듯하다. 힘들면 더 많이 웃으며 살았다. 그런데 선생님께는 저절로 속 이야기를 털어놓았다. 선생님은 그저 고요히 들어주기만 했다.

나는 오십 년을 나답게 살기 위해 온몸에 잔뜩 힘을 주고 무겁게 살았다. 그러나 선생님은 본성을 내려놓고 무채색이 되어 가볍게 사람들을 만났다. 선생님은 나처럼 세상과 맞서 싸우지 않고 모든 것을 세월에 맡기고 조용히 살았다. 선생님이 살아내는 모습을 보며 침묵으로 소통하는 법을 배웠다. 믿고 기다려주는 것이 존중이라는 것도 알았다.

하늘이 어느 작가의 입을 빌려 나에게 말했다. 세상은 읽히거나 설명되는 곳이 아니라 다만 살아낼 수밖에 없는 곳이라고. 하늘은 함부로 세상을 읽고 사람의 마음까지 다 아는 것처럼 말하며 살아온 나를 침묵으로 꾸짖었다. 내가 누구인지도 모르는데 타인의 마음을 어찌 읽을 수 있단 말인가. 내 삶을 살아내기도 숨이 찬데, 세상을 읽으려고 욕심내고 말까지 하며 살았다. 그것도 모자라서 감히 누군가를 살리는 일을 하겠다며 설치고 다녔다.

하늘은 맑은 본성으로 내 속을 훤히 비추었다. 외면하지 말고 모자란 내 모습을 정면으로 바라보라고 한다. 돌아보니 나 혼자만의 힘으로 살아낸 것이 아니었다. 그들이 따뜻하게 품어주어 살아낼 수 있었다. 그들처럼 조용히 살아내고 싶다. 그러나 내 움직임은 여전히 소란스럽다. 가슴을 펼쳐서 종일 햇볕에 말리며 하늘빛이 물들기를 바랐다.

마지막에 듣고 싶은 말

의식불명 상태에서도 청각이 여전히 작동한다. 연구 결과대로라면 생의 마지막 순간까지 따뜻한 위로와 사랑의 말을 해주는 것이야말로 죽음을 맞는 사람에 대한 마지막 소중한 선물이 될 수 있다.

<한겨레신문> 기사 일부

요양보호사가 하는 일은 가사도우미와 같은 줄 알았다. 그런데 직접 공부해보니 아니었다. 내가 경험한 커리큘럼은 전공이 삶과 죽음을 배우는 학문이고 교양이 상담사, 약사, 간호사, 사회복지사, 영양사, 가사도우미다. 노인에게 이상증세가 발견되면 요양보호사는 의료행위를 직접 하지 않고 의사나 간호사를 연결한다. 그래도 이론적으로 알고 있어야 아픔이 보인다.

요양보호사 공부를 하며 동병상련을 느꼈다. 과거의 나, 지금의 나, 미래의 내가 함께 있었다. 혼자 살며 통증과 고군분투해서 그런 모양이다. 미리 이 공부를 했더라면 아픈 사람들을 더 따뜻하게 품어주었을 것이다. 나에겐 두꺼운 철학책보다 의미 있는 공부였다. 그래서 요양보호사 공부가 참 고마웠다.

지금이라도 요양보호사 공부를 하게 되어서 다행이다. 친구의 적극적인 추천이 없었다면 하지 않았을 것이다. 노인이 되기 전에 이 공부를 하니 타임머신을 타고 가서 미래를 보는 듯하다. 내가 맞이할 죽음도 깊게 생각하게 되었다. 어떻게 살아야 하는지도 보인다. 그래서 친구가 참 고맙다.

노인이 3일을 걷지 않으면 3주를 못 걷고, 3주 동안 걷지 못하면 돌아가실 때까지 걸을 수 없게 된다. 그래서 기저귀에 의지하며 살다가 돌아가신다. 노인에게 낙상이 가장 위험한 이유다. 엄마가 화장실 가다가 넘어져서 돌아가실 때까지 겪었던 일이다. 요양보호사 공부를 미리 했다면 요양병원에서 돌아가셨던 엄마 마음도 더 깊게 헤아렸을 것이다.

임종 공부를 하며 마지막까지 살아있는 것이 청각이라는 것을 처음 알았다. 그런데 들을 수 없는 줄 알고 죽어가는 사람 앞에서 상처가 되는 말을 할 때도 있다. 또는 자신의 슬픔이 너무 커서 소리를 지르며 눈떠보라고, 이대로 가면 나는 어떻게 사냐고 말하기도 한다.

소중한 사람이 죽어가면서 마지막으로 듣는 말이다. 미리 알고 있었다면, 한 번이라도 생각해 봤다면, 따뜻한 말을 해주고 싶을 것이다. 살아있을 때 고마웠던 것, 얼마나 사랑했는지, 미안했는데 말하지 못했던 것에 대해서 들려주지 싶다.

오랜만에 고향 친구에게 연락이 왔다.

"이쁜 아내도 상담하며 재미나게 살지?"
"몇 달 전에 하늘나라로 갔어."

암투병 하다가 남편을 두고 떠난 오십 대 여인의 마음과 그런 아내를 지켜보다가 갑자기 혼자 남겨진 친구의 마음을 생각하니 가슴이 먹먹해졌다. 괜히 거칠게 말했다.

"이 새끼야 그런 일 있으면 바로 연락을 해야지. 왜 이제 말하는데…"
"우리 집사람 떠날 때 나랑 살아줘서 고맙다는 말을 했어야 했는데, 당신 없으면 나는 어떻게 사냐고 울기만 했어."

갑작스러운 사별에 고맙다는 말을 전하기는 어려운 일이다. 아이는 없었지만 잉꼬부부로 살았다. 아내가 상담하는 것을 참 좋아한다고 했었다. 친구는 열심히 일해서 아내가 좋아하는 일을 마음껏 하도록 경제적 지원을 해주는 것을 기뻐했다. 아내에게 심리상담센터를 차려줄 준비를 아내 모르게 다 해둔 상황이었다. 그런데 아내가 떠났다.

부부로 살다가 갑자기 사별 당한 사람의 슬픔을 내가 어찌 알겠는가! 겪어보지 않은 일에 대해서 뭐라고 말할 수 없다. 나처럼 살아있으면서 따로 사는 것보다 더 큰 아픔이리라 짐작할 뿐이다. 예전에 사별 당한 분들이 공저로 쓴 책을 읽은 적 있는데, 내가 생각했던 것보다 더 많이, 더 오래 고통스러운 시간을

지금 니 생각 중이야

견뎌내고 있었다.

죽은 사람은 말이 없으니, 살아남은 사람의 이야기만 듣게 된다. 엄마는 새벽에 찾아온 급성심장마비로 갑자기 떠났다. 나는 엄마의 임종을 지키지 못했다. 엄마가 마지막 순간에 혼자 요양병원에서 겪었던 두려움과 외로움을 알지 못한다. 마지막 순간에 엄마가 나에게 듣고 싶은 말이 무엇인지도 모른다. 그래도 다시 그 시간으로 돌아간다면 엄마가 떠나실 때 함께 있고 싶다. 엄마 손을 꼭 잡고 "엄마가 내 엄마라서 고맙고 좋았어요!"라고 말할 것이다.

애들 아빠의 임종도 함께 하면 좋겠다. 무슨 말을 해줄까 생각하니 "당신 혼자 두고 떠나서 미안해요! 내가 죽으면 당신 곁으로 가서 영원히 함께 살게요. 먼저 가서 조금만 기다려요."가 떠오른다. 살아있을 때 함께 하지 못한 미안함에서 조금이나마 편해지고 싶어서 나온 말이다. 죽어가는 사람의 마음보다는 살아있는 내 마음이 먼저인가 보다.

그가 마지막에 듣고 싶은 말을 생각하다 보니, 살아있을 때 그에게 못 해준 것만 기억나서 가슴이 아리다. 나는 그가 마지막에 듣고 싶어 하는 말을 끝내 못 해줄지도 모른다. 혹시나 그가 내 임종을 보게 된다면 "혼자 사는 시간을 선물을 줘서 많이 고마웠어요! 덕분에 나답게 살다가요."라고 말해주고 싶다. 지금 내가 그에게 주고 싶은 마음이다.

혼돈을 *사랑하라*

알베르토 에스피노사

너를 다르게 만드는 것
사람들이 너에 대해 이해하지 못하는 것
사람들이 너에게 바뀌기를 원하는 것
너를 유일한 존재로 만드는
그것을 사랑하라

내 가방이 현관문 앞에서 잠을 자고 있다. 몸은 포

근한 침대 속에서 잠을 잤는데, 마음은 집안에 들어오지 못하고 밤새 신발과 함께 잠을 잔 모양이다. 가방을 보니 지쳐있는 내 마음을 보듯 안쓰럽다. 꿈벗에서 민낯으로 다 풀고 온줄 알았는데, 집에 들어오지 못한 저 가방처럼 아직 풀어내지 못한 것이 있는가 보다.

30년을 함께 살았던 사람도 3년 동안 혼자 살아보고 나서야 보였다. 그러니 나의 반평생을 2박 3일로 다 풀지 못하는 것은 당연한 일인지도 모른다. 예전에 즐겨 불렀던 정태춘의 '고향'이 문득 생각나서 다시 듣고 있는 중이다. 내가 노래 속의 묶인 하얀 말 같았고, 그 가방에 풀지 못한 내가 담겨 있는 듯했다. 그래서 묶인 끈을 자르고 무거운 가방 하나 끌고 집을 나섰다.

불교 공부를 하며 가방에 있던 것들을 반쯤 버리고, 책 쓰기를 하며 다 버린 듯했다. 그리고 구본형변화경영연구소에서 진행하는 '나를 찾아 떠나는 여행'에 참여하며 그것이 담겼던 가방까지 다 버리고 온줄 알았다. 그런데 나를 따라와서 집에 들어오지도 못하고 현관문 앞에서 자고 있다. 가방을 밖에 버리고 싶은데, 가방이 나에게 말을 건다. 내가 좋아하는 시

<혼돈을 사랑하라>를 한석규 목소리로 들려준다.

누군가 나에게 꿈벗 2박 3일의 경험을 요약해서 말해달라고 하면 <혼돈을 사랑하라>는 시를 읽어줄 것이다. 꿈벗이 내 가슴에 심어준 시다. 가끔은 시처럼 사는 것이 두려웠다. 그러나 꿈벗이 따뜻하게 안아주며 말했다.

"그냥 시처럼 너답게 살아. 내가 너를 품어줄게."

꿈벗 2박 3일은 언제나 내 안에서 군불을 지폈던 엄마를 만나는 시간이었다. 하늘에 계신 엄마와 함께 사는 듯했다. 그래서 엄마를 믿고 나의 다름과 혼란을 마음껏 사랑하기로 했다.

꿈벗 동기 덕분에 신세계를 경험했다. 내가 선택한 타자와의 마주침 중 가장 혼란스러웠다. 마케터 공부는 문외한이라서 그랬다. 입원 첫째 날이라서 환자복을 입고 참여했다. 몸이 많이 아파서 버티기가 힘들었다. 백신 맞은 후유증까지 보태진 상황이었다. 중간에 간호사가 오고 병실에 함께 있는 분들이 말을 시키고 TV도 크게 켜져 있어서 매우 산만했다. 그래도 컴퓨터에 바짝 붙어서 갓 입학한 초등학생처럼 수업을 받았다. 하지만 난생처음 하는 마케터 공부라서 무슨 말인지 이해하지 못했다.

많이 아팠다. 한방병원에 입원 중이라서 하루에 8가지 이상 집중 치료를 받는데도 그랬다. 나는 공부를 좋아하는 사람인데 마케터는 엄청 어려워서 해낼 자신이 없었다. 그리고 예상했던 것보다 많은 시간을 투자해야 한단다. 그는 하루 10시간, 그녀는 24시간 마케터 공부에 집중 투자하라고 조언했다. 그만큼 독학하는 시간이 많이 필요하다는 것이다. 나는 컴퓨터를 다루는 것도 미숙하고 마케팅도 처음이라서 더 오래 고군분투해야 할지도 모른다. 고장 난 몸이 버티어줄지도 관건이다. 그럼에도 불구하고 처음 만난 마케터가 많이 궁금하다.

첫 과제물 랜딩페이지를 만들어서 제출했다. 난생처음이라서 엄청 어려웠다. 실강을 한번 듣고, 녹화된 영상을 세 번 듣고, 휴대폰으로 또 강의를 들으며 노트북으로 랜딩페이지를 만들었다. 아주 많이 느렸고 허술했다. 두 번째 과제물 개인화 세팅은 내 안의 히말라야를 오르는 일이었다. 어디까지 오를 수 있을지 모를 일이다.

마케터는 내가 꿈꾸던 길이 아니다. 그런데 생계와

질병의 혼란이 마케터의 길을 가도록 이끌고 있다. 어쩌면 난생처음 시작하는 마케터 공부가 지금의 혼란을 성장시키는 자양분이 될지도 모른다. 경제적으로 풍족하고 건강하게 살 때는 돈과 질병이 사람을 어마어마하게 혼란스럽게 하는 줄 몰랐다. 이토록 혼란스럽지 않았다면 마케터 공부는 시작도 못했을 것이다.

마케터와 무관하게 글만 쓰며 살았다. 누군가는 나를 보고 바보라고 하고, 누군가는 무모하다고 하고, 누군가는 아이 같다고 했다. 그래서 필명을 바보로 지어준 사람도 있다. 그러나 오십에 빈털터리로 통증과 고군분투하며 살아가는데 바보, 무모함, 아이 같은 특성은 도움이 되지 않았다. 오히려 지금처럼 마케팅을 배우는 것이 내 꿈을 살리는 산소가 될지도 모른다. 그날이 오면, 현관문 앞에서 잠자는 내 가방이 고요히 집을 떠날 것이다.

무례한

상대방을 판단하는데 가장 큰 기준이 되는 것은
아이러니하게도 상대방이 아니라
그날의 나의 기분, 나의 취향, 나의 상황, 바로 '나'이다
김은주 <달팽이 안에 달> 중에서

가난하면서 관대하기란 얼마나 어려운가. 누군가
쓴 글의 제목이다. 겪어보니 정말 그랬다. 오래도록
그 사람이 쓴 글 뒤에 숨어 살았다. 내가 너그럽지 못
한 이유는 성품이 아니라 가난 때문이라고 믿고 싶
었던 모양이다. 어쩌면 초라한 내 가슴을 누군가에게
들킬까 봐 두려웠는지도 모른다.

지금 니 생각 중이야

괜히 안치환의 '인생은 나에게 술 한 잔 사주지 않았다'만 불렀다.

"겨울밤 막다른 골목길 포장마차에서 빈 호주머니를 털털털 털어 나는 몇 번이나 인생에게 술을 사주었으나, 인생은 나를 위하여 단 한 번도 술을 사주지 않았다. 눈이 내리는 날에도 돌연꽃 소리 없이 피었다 지는 날에도 인생은 나에게 술 한 잔 사주지 않았다."

술도 못 마시면서 노래가 좋았다. 막다른 골목길에서도 사람을 탓하고 싶지 않아서 노래만 불렀는지 모른다. 다른 일이 그랬듯, 내 가난도 자업자득이다. 그래도 미친 듯이 노래라도 불러야 살아지는 날이 있었다.

정호승 시인이 무척 힘들 때 쓴 시라서 더 깊게 스며들었다. 정호승만 그랬을까! 살다 보면 노래처럼 추운 날이 누구나 있게 마련이다. 노래는 거칠게 함부로 불러도 다치는 사람이 없어서 좋다. 혹시나 내 노래를 듣고 불편해하는 사람이 있다면, 그저 노래를 불렀을 뿐이라고 노래 뒤에 숨어도 되었다.

그가 고생해서 만들어준 후광이 사라지자 내 민낯이 있는 그대로 드러났다. 노래 뒤에 숨고, 누군가 쓴 가난하면서 관대하기란 얼마나 어려운가 뒤에 숨고 싶을 만큼 내가 초라해 보였다. 담담하던 나는 온데 간데없고, 가난한 자의 피해의식이 튀어나왔다. 그런 나를 보는 것이 싫어서 사람을 멀리하고 자연을 가까이했다. 어떤 날은 나를 아는 사람이 한 명도 없는 곳에 가서 살고 싶었다. 만약에 경제적으로 풍족했다면 우도로 이사 갔을 것이다.

그와 함께 살 때는 내가 참 괜찮아 보였다. 그래서 예의 없는 사람을 만나도 그럴 수도 있지 하며 가볍게 넘겼다. 내가 알지 못하는 그 사람만의 사연이 있어서 그러는 것이지, 나를 괴롭히고 싶어서 예의 없게 하는 것은 아니리라 생각했다. 그들이 내가 좋아하는 방식으로 나를 대하기를 기대하지 않았다. 바라지 않으니 서운할 일이 적었고, 오해할 일도 줄어들었다. 그래서 관계의 어려움이 별로 없는 편이었다.

금융사기를 당하고 빈털터리가 되니 달라졌다. 관계의 무례함이 화두가 되었다. 나는 오십이 넘도록 무례함에 대해서 깊게 생각했던 적이 없었다. 그런데 그의 후광을 버리고 통장에 389원만 남으니 무례함이 아리게 파고들었다. 무례함은 은행, 영화관, 식당, 직장, 친구, 지인을 통해 내 일상 속으로 들어왔다. 다

행스럽게 내가 좋아서 공부하러 가는 곳은 못 들어왔다. 그곳은 무례함이 없어서 아이처럼 나를 웃게 해주는 성지였다.

그런데 그녀가 내 성지를 무례함으로 점령했다. 내 생애 그토록 무례한 경험은 처음이었다. 그녀가 왜 그랬는지 나는 아직 모른다. 가끔 생각한다. 내가 그녀에게 영향력 있는 사람이었어도 그녀가 나를 무례하게 대했을까? 그녀는 내 가난에 대해서 내 친구보다 더 자세히 알고 있었다. 그래서 그녀가 나에게 무례한 이유에 내 가난이 영향을 준 것으로 보였다.

이런 생각은 가난이 나에게 준 불편한 산물 중 하나다. 그녀와 나 사이의 무례함은 이미 나에게 형성된 가난 프레임에서 먼저 시작되었는지도 모른다. 그래서 누군가는 "상대방을 판단하는데 가장 큰 기준이 되는 것은 아이러니하게도 상대방이 아니라 그날의 나의 기분, 나의 취향, 나의 상황, 바로 나."라고 했던 모양이다.

꽃은
아름다움의 절정에서
움츠리지 않는다

　기림사에 갔는데 모란이 지고 있었다. 지금은 초록 위에 이팝이 하얗게 피어나고 있다. 이팝의 계절이다. 이팝이 지고 나면 장미가 붉게 피어날 것이다. 장미님의 계절이 오고 있다. 아니 장미님은 기다리기 싫어서 지금 피고 있는지도 모른다. "모란이 지니 장미가?"라는 사부님 글에 혼자 웃었던 기억이 난다. 장미와 모란은 책 쓰기 동기의 닉네임이다.

　피고 지는 것이 인생인데 모자란 나는, 그걸 자주 잊어버렸다. 그래서 한 번도 피어본 적 없는 내 세계가 나를 슬프게 했다. 누군가 이해하기 어렵다는 세

　　　　　　　　지금 니 생각 중이야

계다. 꽃은 누군가 이해해줄 만큼 고단하게 살아내서 피어난 것인가. 문득 이런 생각을 했다. 책 쓰기로 피어나려면 독자가 이해할만한 글을 써야 한다는데, 그것이 참 어려웠다. 그러려면 독자가 이해할만한 삶을 살아야 하는데, 내 삶이 그렇지 못하기 때문이었다.

책을 쓴다는 것은 내 삶을 독자에게 말해주는 것이다. 내가 쓰려는 에세이는 내 삶을 말하지 않는 글을 쓸 수 없다. 혼자 보는 글쓰기와는 다르다. 출간한다는 것은 독자에게 보여주는 글이 되는 것이다. 그래서 독자가 무슨 말인지 이해되지 않는 글을 쓰면 소통이 안 되는 책이 될지도 모른다. 그러나 나는 그냥 쓸 뿐, 독자가 이해되도록 내 삶을 설명하고 싶지는 않았다. 독자는 내 책을 읽으며 이해가 되면 하는 것이고, 안 되면 패스하기를 바랐다.

내가 누군가에게 이해받는 삶을 살아 줄 수는 없다. 독자들도 내가 이해되게 살아줄 수 없다. 우리는 이해라는 말을 참 쉽게 쓰며 살고 있지만 그것만큼 어려운 일이 또 있을까 싶다. 어쩌면 나를 이해해줄 타인은 없을지도 모른다. 소통은 이해가 아니라 타인의 삶을 있는 그대로 존중해주는 배려에서 시작될지도 모른다.

누군가 이해해주기를 바라지 않는 내가 좋았다. 바라지 않으니 누군가에게 의존하지 않고 자유롭게 내 길을 걸어갈 수 있었다. 그래서 타인에게 이해받기 어려운 혼자 살기를 선택했는지도 모른다. 나는 누군가보다는 나에게 집중하고 싶었다. 혼잣말하는 일기로 내 삶이 끝날지라도 내가 지금 웃을 수 있는 삶을 살고 싶었다. 그래서 내 삶을 쓴 글이 피어나지 않아도 괜찮았다. 그냥 좀 설익은 채로 살다가 져도 좋았다.

그런데 어쩌다 보니 오십이 넘어서 책 쓰기 카페에서 모르는 사람들을 향해 매일 옷을 벗으며 살고 있다. 처음 책 쓰기를 시작했을 때는 지금처럼 내 삶을 맨몸으로 보여주게 될 줄 몰랐다. 세 번째 책으로 혼자 살아본 이야기를 쓰고 싶었다. 두 번은 출간해봐야 맨몸을 보여줄 용기가 날 듯했다. 그런데 첫 책에서 무모하게 매일 옷을 벗고 있다.

그래서 매일 참 많이 민망하다. 나는 사생활을 누군가에게 보여주는 것을 좋아하지 않는다. 그저 고요히 내가 있는지 모르게 살기를 바라는 사람이다. 누군가는 옷을 벗은 나를 보고 싶지 않거나 부담스러워할지도 모른다. 무엇보다 내 삶이 누군가에게 보여줄 만큼 깊고 단단하지 못하다. 무모함으로 생겨난 오류

지금 니 생각 중이야

이야기뿐이다.

매일 옷을 벗을까 말까 망설였다. 어차피 누구나 때가 되면 다 진다. 그래서 옷까지 벗으며 피고 싶지는 않았다. 그런데 "며칠 안에 질 것이지만, 오늘 피어있는 꽃은 아름다움의 절정에서 자신을 움츠리지 않는다"는 구본형 선생님의 말씀이 오늘도 옷을 벗게 했다. 내 삶은 오류니 나를 닮은 오류꽃을 피우고 있다. 그래서 지금도 옷을 벗으며 오류꽃의 절정을 보내는 중이다.

나 같은 오류꽃도 하나쯤 피어나야 삶이 헐거워지지 않겠는가!

책 쓰기는 책 쓰기를 부른다

초고에 마침표를 찍었다. 충만했다. 출간하지 않아도 될 듯했다. 그래서 내 마음대로 책 쓰기를 하산했다. 출간을 기다리던 사람들은 모두 입을 맞춘 듯 출간을 위해 다시 산으로 오르기를 바랐다. 그래도 나는 꿈쩍도 하지 않았다. 그냥 지금의 충만함을 만끽하고 싶었다.

또 하나 중요한 이유가 있었다. 생계를 위한 밥벌이 때문이었다. 책 쓰기가 좋아서 6개월 동안 미루어두었던 밥벌이였다. 나는 내 힘으로 생계를 책임져야 나를 자유롭게 배려하게 된다고 믿는다. 혼자 살면서 정한 자기 배려 덕목이다. 채용공고 사이트에서 논술

지금 니 생각 중이야

수업과 사회복지사로 지원할만한 곳을 선택하고 필요한 서류를 준비했다. 밥벌이가 첫 번째가 되면서 출간은 점점 멀어져갔다. 그런데 언니가 책 쓰기 하산을 멈추게 했다.

"니 책은 폭망이야."

야학할 때 만난 언니가 내 초고를 다 읽고 해준 첫 말이었다. 빵 터져서 큰 소리로 시원하게 웃었다. 나에게 폭망이라는 말을 아무렇지도 않게 해주는 사람이 있다는 것이 고맙고 든든했다.

"너 같은 무명인이 첫 책을 출간하는데 폭망하는 것은 당연하지. 그래도 평생을 품었던 소망이니 폭망하더라도 출간은 해야지. 첫 책은 니 소원을 이룬 것으로 할 일을 다한 거야. 혹시나 출판사에서 니 원고를 받아주지 않으면 언니가 니 책 출판사대표가 되어 비용을 줄 테니 자비 출판해라."

폭망으로 시작된 언니의 덕담은 자발적으로 내 책을 출간하는 대표가 되는 것으로 끝이 났다. 언니는 평생 꿈꾸던 책 쓰기를 하라고 생계비와 수업료도 지원해 주었다. 언니네 형편도 어려운 상황이었다. 많이 고마웠지만, 마음은 불편했다. 초고가 끝나자 밥벌이를 시작해야 한다는 마음만 커졌다. 그런데 폭망한다는 말을 들으니 내 밥벌이가 가벼워졌다.

'대박'이라는 좋은 말보다 '폭망'이라는 절망적인 말이 희망이 될 때도 있는 모양이다. 하루 벌어 하루 먹고 사는 내 생계를 바람처럼 가볍게 만들어서 밥이 나오지 않는 책 쓰기를 다시 하게 해주었기 때문이다. 언니가 "니 책은 대박난다."고 했으면 책 쓰기를 하산하고 생계를 위한 밥벌이를 시작했을지도 모른다. 그래서 구본형 선생님은 "사는 법은 죽는 법에 있다."고 하셨나 보다.

언니가 전해준 폭망의 마음에서 희방폭포의 기운을 느꼈다. 통증이 깊어지면 희방폭포가 보고 싶었다. 희방폭포를 보면 내 몸이 짱짱해졌기 때문이었다. 절벽에서 맨몸으로 떨어지는 희방폭포를 보면 힘을 내어 다시 책 쓰기를 할 수 있었다. 그러나 통증이 심해서 혼자서는 엄두를 낼 수 없었다.

언니의 도움으로 희방폭포가 있는 영주 소백산까지 갈 수 있었다. 폭포를 만나기 위해 돌계단을 올라갔다. 통증이 더 세져서 계단에 주저앉고 싶었다. 경주에서 영주까지 오면서 힘이 들었던 모양이었다. 운전은 언니가 하고 나는 그냥 차에 앉아만 있었는데도 무리가 되었다. 그때는 언니가 앞장서서 손을 잡고 당겨주었다.

　이번엔 내가 앞장서서 희방폭포를 향하는 돌계단을 올라갔다. 언니가 뒤에서 엄마 미소를 지으며 나를 보았다. 폭포가 가까워지자 물소리가 시원하게 들렸다. 귀가 열리니 나도 모르게 통증을 잊고 발걸음이 빨라졌다. 희방폭포가 내 눈앞에 나타났다. 내가 본 폭포 중에서 가장 힘이 넘쳤다. 저절로 감탄사가 연달아 나왔다. 이토록 멋진 폭포를 보게 해준 언니가 고마웠다. 언니가 나에게 준 것이 희방폭포뿐이겠는가!

　김수영은 '폭포'에서 "곧은 소리는 곧은 소리를 부른다"고 했는데, 나는 통증만 부르고 살아서 통증이 더 깊어졌나 보다. 그날부터 "책 쓰기는 책 쓰기를 부른다"가 내 삶이 되었다. 언니가 손수 만든 작가 노트를 선물로 주었다. 내가 작가가 되기를 바라는 마음을 담아 한 땀 한 땀 수를 새겨 넣었다. 언니는 나에게 희방폭포처럼 건강한 소리를 부르는 생명수였다. 언니 덕분에 첫 책을 출간하게 될 것이다.

11대
풍광
그리기

꿈은 자유다. 위대한 모험의 길로 들어서는 것이다. 미래를 현실로 가져오는 것이다. 내 마음대로 할 수 있는 자신의 제국 하나를 만들어내겠다는 자기선언이다.

– 구본형 <나에게서 구하라> 중에서

1. 첫 책 출간

2022년 3월에 평생을 꿈꾸던 첫 책을 출간했다. 제목은 <오십에 혼자 살아보는 중입니다>였다. 첫 책은 오십 년 살아내느라 수고한 나에게 주는 선물이었다. 그래서 아무도 읽어주지 않아도 그냥 충만했다. 그런데 뜻밖에도 내 책을 읽어주는 독자들이 많아서

지금 니 생각 중이야

깜짝 놀랐다. 참 고맙게도 나처럼 자신을 배려하지 못하고 살아온 중년 여성들을 따뜻하게 안아주는 책이 되었다.

2. 좋아하는 일이 밥이 되는 시간

2022년 가을부터는 첫 책을 교재로 글쓰기 수업을 했다. 신청자가 많아서 바쁜 것은 아니었지만, 글쓰기가 어려워서 멀리하고 싶었던 중년 여성들이 글쓰기가 자신을 따뜻하게 품어주는 군불이 될 수 있다는 것을 알게 되어서 기뻤다.

3. '지금글쓰기방'을 열다

2023년 4월 7일 벚꽃이 흐드러지게 피었던 봄날, '지금글쓰기방'을 오픈했다. 남편과 자식을 배려하느라 자신을 안아주지 못한 중년 여성들이 놀면서 글을 쓰는 곳이었다. 글쓰기가 지금을 재밌게 놀지 못하는 중년 여성들을 안아주었다.

비전은 '지금, 우리는 글을 쓰면서 나를 안아주고 있습니다.'였다.

그녀들과 함께 글쓰기를 하며 지금을 재미나게 놀고, 그녀들이 원한다면 책이 출간되도록 도왔다. 나처럼 자신을 배려하지 못하고 살아온 중년 여성들이 글쓰기를 하며 자신을 따뜻하게 안아주고 지금을 사는 모습을 보며 많이 고마웠다. 내 간절함의 방향이 지금 웃으며 살기라서 그랬다.

'지금 글쓰기방'을 열고 1년 후에 썼던 일기다.

2024년 4월 12일

아침에 풍경소리에 눈을 떴다. 바람과 풍경이 만나는 소리를 들을 수 있어서 더 행복한 아침이다. 햇살이 쏟아지고 하얀 무명 커튼의 자수도 좋아라 들꽃을 피운다. 커튼 속 들꽃들이 햇볕을 쬐는 동안, 나는 스트레칭을 하며 몸에게 인사를 한다.

바깥 풍경이 궁금해서 커튼을 열었는데 파란 하늘과 호수가 한눈에 쏙 들어온다. 복사꽃이 산골 소녀처럼 수줍게 웃고 있고 텃밭의 채소들은 밤사이 자랐는지 키가 더 커 보인다.

마당에는 계절마다 꽃이 핀다. 매화, 벗나무, 이팝나무, 배롱나무, 봉숭아, 코스모스, 동백나무가 정답게 살고 있다. 오래된 한옥에서 피어난 꽃들이라서 더 매력적이다. 밤에는 한옥에 꽃등이 켜지고 개구리와 귀뚜라미, 그리고 이름 모르는 풀벌레들이 한옥의

지금 니 생각 중이야

꽃등과 함께 멋진 공연을 한다.

누구라도 들어와서 따뜻한 차 한 잔 나누고 싶고, 그러다 밤이 깊어지면 그대로 함께 잠들어도 괜찮을 듯한 집이다. 내가 사는 집은 '지금글쓰기방'이다. 나는 꿈꾸던 집에서 지금 재미나게 놀고 있다.

4. 지금을 재밌게 사는 아들
2024년부터는 큰아들과 작은아들이 그냥 지금 재밌는 일을 하며 살고 있어서 참 고마웠다.

5. 나만의 이야기 <경주> 출간
2024년 4월에 두 번째 책 <경주>를 출간했다. 경주에서 살아온 이야기를 담아서 쓴 글이다. 소로가 월든을 썼듯, 경주에서 혼자 살면서 경주를 출간했다. 이 책이 출간되고 나서 '지금글쓰기방'에서 자신이 살아온 이야기를 쓰고 싶어 하는 사람들이 많아졌다. 그래서 '나만의 월든 쓰기' 프로그램을 진행했다. 자신의 삶을 월든처럼 의미 있게 만들어가는 글쓰기였다. 몰랐던 자신의 소중함을 발견하는 시간이기도 했다. 신청자가 많아서 놀지 못하면 어쩌나 걱정이 되었다. 나는 지금 재밌게 놀기가 더 중요해서 일주일에 한 번만 '나만의 월든 쓰기' 수업을 했다.

6. 지금 글쓰기방에서 첫 책 출간

2025년 4월에 '지금글쓰기방'에서 함께 글쓰기를 했던 분이 첫 책을 출간했다. 책이 나오고 난 뒤 글을 쓰러 오는 사람들이 더 많아졌다. 그래서 나는 혼자 놀 시간이 없을까 봐 겁이 났다. 그녀들의 놀기를 위해 시간을 내어 주는 것이 기쁜 것과 내가 충분히 놀아야 한다는 마음이 충돌했다. 나는 혼자 재밌게 놀기에 많은 시간을 썼다. 그러고 남는 시간에 그녀들 하고 놀았다. 그래서 더 오래도록 그녀들과 놀 수 있었다.

7. 지금글쓰기방에서 두 번째 책 출간

2026년 12월에 나만의 월든 쓰기 프로그램에 참여했던 분이 두 번째 책을 출간했다. 그녀가 자신의 삶을 고맙게 가꾸어가는 모습을 볼 수 있어서 매우 기뻤다. 그녀의 책이 나오자 강의 요청이 자주 들어왔다. 나는 그녀에게 '나만의 월든 쓰기' 프로그램 진행을 맡기고 강의를 다녔다.

8. 첫 소설 출간

2027년 3월에 세 번째 책을 출간했다. 첫 소설이었다. 노년의 재밌는 사랑을 담은 이야기였다. 할머니들은 책을 읽으며 많이 웃었고 지금을 재미나게 살기

지금 니 생각 중이야

위해서 나이를 잊고 제철인 듯 사랑했다. 그래서 치매 환자가 줄어들었고 내 책을 원작으로 하는 영화가 상영되었다.

9. 친구가 된 애들 아빠

2028년 61살이 된 어느 날, 애들 아빠와 오래된 친구처럼 편안한 관계가 되었다. 혼자 산 지 10년이 지나서 이룬 고마운 꿈이었다. 둘이 살고 싶은 애들 아빠를 떠나온 것이 미안하지 않아서 마음이 가벼워졌다. 가끔 만나 밥을 먹고 차도 마시며 소소한 일상에 대해서 친구와 수다 떨듯 이야기를 나누어서 좋았다.

10. 따로 살아도 따뜻한 가족

2029년 따로 살아도 지금을 웃으며 사는 가족이 되었다. 애들 아빠가 함께 살지 않아도 따뜻하게 품어주는 가족이 될 수 있다는 것을 느꼈기 때문이었다. 그제야 나와 아들들은 혼자 살기를 원하지 않았던 그 사람 걱정에서 자유로워졌다. 애들 아빠와 아들들이 자신을 따뜻하게 안아주며 살아서 고마웠다. 나도 그랬다.

11. 수업료가 자유인 '제철 글쓰기방'을 열다

2031년에 또래 할머니들과 글쓰기를 하며 지금을

재미나게 노는 공간, '제철 글쓰기방'을 열었다. 비전은 '지금이 제철이라서 글을 쓰며 재미나게 놀고 있습니다'였다. 수업료는 자유였다. 마음이 가는 대로 하면 되었다. 수업료를 넣을 수 있는 작은 상자가 구석에 놓여 있었다. 안 내도 되고 천 원만 내도 되었다. 수업료로 옥수수 삶아오기, 텃밭의 상추 따오기, 집에 있는 김치 들고 오기, 커피 타오기도 좋았다. 수업하며 가져온 것을 함께 나누어 먹고 남은 것은 싸서 필요한 분들에게 주었다. 돈이 너무 많아서 할머니들 놀기에 보탬이 되고 싶은 사람은 많이 담았다. 들어온 수업료는 모두 할머니들의 '지금 놀기'에 썼다. 한 푼도 들어오지 않으면 그냥 내가 가진 돈으로 함께 재미나게 놀았다. 생계 걱정 없이 마음껏 퍼줄 수 있어서 참 좋았다.

온전히 나로 살기

기장

'안아주는 공간'이 열렸다

수선스럽고 번잡한 곳에 나를 두지 않는다

───────────────

　김건모의 '남자의 인생'을 들었다. 노래 속의 남자처럼 살아온 내가 보였다. 그 남자가 나 같아서 가슴이 먹먹해졌다. 내 귀에는 '여자의 인생'으로 들렸다.

"얼마나 걸어왔을까 내 삶들을 버린 채로
오직 남편과 자식만 생각하며 바쁘게 살아온 길
오늘도 난 비틀대며 뛴다 지친 하루의 끝자락에서
아직 나만을 믿고서 기다리는 가족을 가슴에 안고
어머니란 강한 이름 땜에 힘들어도 내색할 수 없다
그냥 가슴에 모든 걸 묻어두고 오늘도 난 술 한잔에
내 인생을 담는다"

지금 니 생각 중이야

그래도 노래 속 남자는 나보다 더 나아 보였다. 나는 오십이 되어 술맛을 알았는데 그 남자는 술이 친구가 되어 주었기 때문이다.

아무도 그렇게 살라고 하지 않았는데 그 남자처럼 살았다. 나도 내가 왜 그렇게 살았는지 몰랐다. 그 남자의 인생이 어떤 여자의 인생이 될 수도 있다. 그 여자의 인생이 어떤 남자의 인생이 될 수도 있다. 여자와 남자를 떠나, 어머니와 아버지를 떠나, 아들과 딸을 떠나 그냥 한 인간의 고단한 삶이다.

"나의 등장인물은 늘 영웅적이지 못하다. 그들은 머뭇거리고, 두리번거리고, 죄 없이 쫓겨 다닌다. 나는 이 남루한 사람들의 슬픔과 고통에 대해서 말하고 싶었다."

김훈이 <공터에서>에서 한 말이다. 나도 그런 사람들 중 하나로 살았다. 김훈이 이런 구질구질한 이야기를 쓰는 이유는 그 모습이 우리의 삶이라서 그런 모양이다.

누군가의 아내와 엄마로 힘들게 살아온 나만 보였다. 늙고 병든 몸으로 혼자 먹을 밥벌이를 해보고 나서야 그의 남루한 슬픔과 고통이 보였다. 평생을 그가 고생해서 가져다준 밥만 먹고 살았다. 나 혼자 먹을 밥벌이도 이토록 몸이 아프고 고단한데, 그는 가족의 밥벌이를 위해 평생을 묵묵히 일했다. 얼마나 고단했을까. 얼마나 쉬고 싶었을까. 얼마나 그만하고 싶었을까. 얼마나 무거웠을까. 얼마나 자유롭고 싶었을까. 그도 나처럼 좋아하는 일이 밥이 되는 일을 하며 가볍게 살고 싶었을지도 모른다.

내 삶은 내가 만들었다. 떠나는 것도 남는 것도 다 내가 할 수 있는 일이었다. 선택하고 움직이면 되었다. 모든 것은 나에게서 나와서 다시 나에게로 돌아왔다. 혼자 살아보기도 그랬다. 그런데 미안한 것들은 내가 저지른 것보다 더 강하게 가슴을 치고 들어왔다. 둘이 살고 싶은 그를 두고 떠난 일이었다. 그러나 미안하지 않기 위해서 함께 살아줄 온기도 남아 있지 않았다. 내 가슴에 군불을 지펴서 나를 살리는 것이 먼저였다.

정월대보름이 다가왔다. 그는 유난히도 그날 먹는 나물과 오곡밥을 좋아했다. 울산, 부산, 대전으로 택배를 보냈다. 애들 아빠, 큰아들, 작은아들이 살고 있는 곳이다. 오곡밥, 다섯 가지 나물, 부럼, 갈비찜, 봄동, 김치, 쇠고기 된장찌개, 오징어포볶음, 김, 딸기를

지금 니 생각 중이야

담았다. 함께 살 때는 갓 지어서 따뜻하게 해먹여서 좋았는데, 어쩔 수 없이 식은 택배로 대신했다. 미안했던 마음에서 조금이라도 가벼워지고 싶어서 보냈는지도 모른다.

올해는 다른 해보다 더 정성들여서 만들었다. 내 마음이 아프니 가족들도 아파보여서 그랬다. 정월대보름에 가족에게 해주는 음식은 건강과 소원을 비는 따뜻한 마음이 담겨 있다. 엄마가 나에게 주던 마음이다. 내가 엄마 덕분에 밝게 웃으며 건강하게 살아낸 것처럼 가족들도 그랬으면 좋겠다.

오십에 혼자 살아보니 꼿꼿하게 서 있던 것들이 하나씩 기울었다. 기울어서 기대며 버티는 것들은 약했다. 살짝만 건들어도 무너질 듯했다. 정신은 지금 버티는 것에 집중했다. 힘을 과하게 써도 무너지고 힘을 약하게 써도 무너질 것 같았다. 그래도 기댈 수 있는 글쓰기가 있어서 참 고마웠다. 정신 차리지 못하고 깜빡 졸아도 쓰러지지 않게 버팀목이 되어주었다.

그래서 5년 동안 혼자 살며 매일 글을 썼는지도 모른다. 밤에 불을 켜지 않고 혼자 묵언하는 시간은 나에 대한 배려였다. 모든 것이 하던 일을 멈추고 그저 고요히 앉아 있는 듯했다. 불을 켜면 나도 전등과 함께 일어나서 분주하게 움직여야 될 것 같았다. 그래서 가능한 오래도록 밤이 주는 멈춤의 시간에 앉아 있었다. 그러면 온기가 내 안에 채워졌다. 전등 하나만 켜져도 기운을 뺏기는데, 사람이 켜지면 얼마나 많은 에너지가 소모되겠는가.

이렇게 혼자만의 따뜻한 시간을 충분히 가져야 웃으며 살 수 있었다. 오십 년 식어버린 가슴을 데우기엔 5년으로는 부족했나 보다. 그래서 지금도 혼자 살며 나를 안아주고 있다. 수선스럽고 번잡한 곳에 나를 두지 않는 시간이다. 이제야 온전히 나로 살고 있다.

내 힘으로
내 밥을 지어 먹으며
지금을 산다

'남은 삶이 딱 1년만 주어진다면'이 책 쓰기 과제로
나왔다. 겪어보지 않아서일까. 1년이 아주 길게 느껴
졌다. 직접 겪었다면 지금과는 심정이 다를지도 모른
다. 지금은 생각으로 쓸 수밖에 없다. 죽는 날을 알고
1년을 산다는 것은 매우 고통스러울 것 같다. 살아온
인생을 정리하고 못 다한 일을 할 수 있는 시간이 주
어져서 좋은 듯 보이지만, 겪어보면 그렇지 않을 수
도 있다.

내 몸과 정신이 어느 정도로 심각한 상황인지에 따
라서 감당해야 되는 고통이 결정될 것이다. 만약에
식물인간이나 치매 등 죽는 것보다 못한 상태가 될

수도 있다. 내가 그런 상황이 되면 누군가 나를 데리고 스위스에 가서 안락사를 시켜주었으면 좋겠다. 그래서 그렇게 되기 전에 유언으로 남길 것이다. 그런 생명연장은 나도 사는 의미가 없지만, 내 곁을 지킬 소중한 사람들도 오래도록 고통스러울 것 같기 때문이다. 그러나 선택은 살아있는 사람들의 몫이다. 죽은 자가 할 수 있는 것은 없다. 지금은 살아있으니 어떤 죽음을 원하는지 글로 써볼 뿐이다.

그러나 죽음을 앞두고 있으면 절박하게 살고 싶어질지도 모른다. 지금은 죽음이 내 삶이 아니라서 이렇게 담담하게 말할 수 있다. '나는 지금 죽어도 괜찮다. 아쉬운 것도, 더 이루고 싶은 것도, 더 바라는 것도 없다. 함께라서 고마웠고 재밌었다. 오십에 나로 사는 시간은 따뜻했다, 이대로 충만하다. 그래서 웃으며 떠날 수 있다.' 지금 죽는다면 이런 유서를 쓸 것이다.

그래도 딱 1년을 살아야하는 과제가 주어졌으니 지금을 재밌게 책 쓰기하면서 살고 싶다. 지금이 내 생애 마지막처럼 지금에 몰입해서 웃으며 살 것이다. 예상보다 빨리 죽어서 책 쓰기를 완성 못 해도 괜찮다. 오롯이 나로 살았으니 되었다. 누군가 내 죽음 앞에서 지금을 재밌게 살다가 웃으며 떠났다고 기억해

지금 니 생각 중이야

주면 고마울 것이다.

"우리는 지금 아니면 못 볼 꽃을 얼마나 지나쳐 왔을까."

박범신이 <당신>에서 한 말이다. 꽃만 그렇겠는가. 지나간 것과 아직 오지 않은 미래에 대한 생각에 빠져서 지금을 살지 못할 때가 참 많다. 나는 그냥 '지금'을 살고 싶었다. 혼자 살면서 나에게 지어준 이름이 '지금'이 된 이유다. 지금이 지나고 나면 다시는 오지 않을 어여쁜 봄이다

봄이 되면 더 무모해졌다. 가슴이 마구마구 뛰었기 때문이다. 그래서 '봄이니까 하나 저질러 줘야지' 하며 일을 저질렀다. 감당할 능력도 없으면서 자꾸만 저질렀다. 봄이라서 그랬다. 그런데 지금은 봄이 왔는데 저지르고 싶지가 않다. 봄이 오기 전에 미리 책쓰기를 저질러서 그런가 보다. 겨울에 저질러놓은 책쓰기에 빠져서 내 가슴은 지금 봄날이다.

오랜만에 나를 위해 음식을 했다. 통증 때문에 음식하기가 겁이 나서 대충 먹었다. 손 치료 할아버지 덕분에 통증이 약해져서 지금은 살만하다. 시래기국, 취나물된장무침, 배추전, 돼지갈비찜, 쌈야채, 강된장, 오징어아몬드볶음을 만들었다. 한 상 차려서 혼

자 맛나게 먹었다.

누군가 그랬다. 내 힘으로 내가 밥을 해 먹을 수 있으면 행복한 것이라고. 통증과 고군분투해보고 나서야 그 마음을 배웠다. 나는 내 힘으로 내 밥을 지어 먹으며 살 수 있는 지금이 참 고맙다!

소로우에게 〈월든〉이 있다면, 나에게는 〈경주〉가 있다

    베란다에 배수구가 막혔다. 관리실 직원이 와서 세탁기를 이리저리 돌려놓고 갔다. 며칠 동안 전문가가 다녀간 뒤 배수구를 뚫었다. 그런데 세탁기 수평이 안 맞아서 세탁기를 돌리지 못했다. 관리실 직원은 조금만 기다리라고 하더니 계속 미루었다. 수평은 맞출 줄 모르고 도와줄 사람이 없으니 직원이 올 때까지 기다리는 것 말고는 다른 방법이 없었다.

    세탁기 하나 수평을 잃었다고 내 삶이 어찌 되는 것은 아닐 텐데, 며칠 수평을 잃고 있다. 세탁기 수평 하나도 해결 못 하면서 어떻게 혼자 살겠다는 건가. 의존하지 않고 살겠다더니, 세탁기 수평도 못 맞춰서

관리실 직원에게 의지하고 있다.

수평을 잃은 세탁기와 멀어지고 싶어서 집을 나섰다. 감탄사를 연발하며 경주꽃과 함께 놀았다. 온몸에 꽃향기가 스며들었다. 세탁기 수평은 잊고 경주꽃만 가슴에 심어졌다. 하늘도 예뻤고, 여기당의 시래기 밥도 맛나고, 서오의 커피도 맛나고, 빈 논에 모가 심어진 통일전 풍경도 좋았다. 어여쁜 경주를 언제든 볼 수 있어서 참 고마웠다.

경주에 갈 때마다 그곳에서 살고 싶었다. 고향처럼 따뜻했고, 느리게 시간이 흘러가고, 풍경이 참 예쁜 곳이기 때문이었다. 경주가 나를 엄마처럼 품에 안아주는 듯했다. 그래서 경주에서 혼자 살기를 시작했다. 오늘처럼 내 삶이 수평을 잃어버려도 사람이 필요하지 않았다. 경주 산책만 하면 경주가 알아서 맞추어 주었다.

오십에 살던 집을 떠나서 경주를 마당삼아 살아보는 중이다. 집에서 누렸던 고마운 것들이 보였다. 집에 안주하며 잃어버렸던 나도 보였다. 집에 살 때는 집이 보이지 않았다. 경주에 살아보니 내가 살았던 집이 잘 보였다. 내 집이 있었던 울산도 보였다. 살던 집을 떠났던 이유는 내가 집으로 변해서 집에 살고 있는 나를 보지 못했기 때문인지도 모른다.

늙어갈수록 내 안의 프레임이 견고해졌다. 그것이 어떤 것인지도 모르고 믿고 살아왔다. 집이 내 삶의 전부인줄 알고 집 대장을 했다. 어쩌면 집 대장에 익숙해져서 집을 떠나는 것이 두려웠는지도 모른다. 집 밖에서는 통하지 않는 대장질이었다. 집을 떠나서 경주에서 사는 동안 믿었던 프레임이 산산조각 났다.

그래도 나에겐 경주가 남아 있었다. 나는 경주에서 혼자 5년을 보내며 매일 글을 썼다. 소로우는 월든에서 2년 2개월을 보내고 고전이라고 찬사를 받는 <월든>을 썼다. 소로우가 부럽지는 않다. 그냥 지금 글을 쓰며 나를 안아주어서 고맙다. 부러운 것이 많았다면 소로우처럼 되었을까. 그것은 부러움으로 이룰 수 있는 일이 아니다. 소로우가 부러움으로 살아냈다면 <월든>을 써내지 못했을지도 모른다. 소로우는 2년 2개월 동안 자발적 고독으로 자신을 안아주었기에 고전이 만들어졌다. 나도 경주에서 나를 안아주며 나만의 고전을 쓰는 중이다. 다음 책은 '경주'가 될지도 모른다.

보리밟기

진짜로 절망했을 때 집착을 떠나 자유로워진다. 더는 그곳에서 기다리지 않아도 되는 자유다. 그리고 진실로 필요한 행동을 주체적으로 할 수 있게 된다.

– 이즈미야 간지 <눈물이 나올지도 모르겠습니다만 어쩌면 실마리를 찾을지도> 중에서

가깝게 지내던 사람들에게 카톡을 보냈다.

"보리밟기하러 갔다 올게."

사람들과 연락을 멈추고 보리밟기만 집중했다. 어

떻게 해야 하는지, 지금 그것이 왜 하고 싶은지 몰랐다. 그냥 보리밟기가 하고 싶었다. 어쩌면 더는 기다리지 않아도 되는 자유가 찾아와서 진실로 필요한 행동을 주체적으로 하게 되었는지도 모른다.

나를 믿는다. 부모님께서 주신 고마운 선물이다. 덕분에 힘든 일이 찾아와도 따뜻하게 살았다. 오십에 혼자 살며 금융사기를 당해서 빈털터리가 되어서도 나를 믿었다. 지금도 부모님께서 기억하는 잘 웃는 막내딸로 살고 있다. 내 첫 번째 보리밟기는 부모님이 주신 '나에 대한 믿음'이다.

매일 글쓰기로 나를 따뜻하게 안아주었다. 살아내느라 수고한 나를 배려하는 방법이다. 글을 쓰면 엄동설한에 군불을 지피듯 마음이 데워진다. 혼자서 글을 쓰는 시간이 충만해서 사람이 아니라 글쓰기와 사는 중이다. 글쓰기는 두 번째 보리밟기다.

아이처럼 좋아라 감탄한다. 이것은 내가 아니라 타인의 생각이다. 사람들이 내 감탄을 들으며 별것 아닌데 왜 저렇게 좋아하는지 모르겠다고 하기 때문이다. 나는 하늘을 봐도 좋고, 나비를 만나도 좋고, 나무를 만나도 좋고, 사람을 만나도 좋다. 그래서 지금이 내 생애 마지막 순간처럼 고맙게 산다. 이것이 세 번째 보리밟기다.

사람을 귀하게 여긴다. 그래서 누군가를 만나면 그들의 살아가는 이야기에 몰입한다. 오늘은 청국장이 먹고 싶어서 어떤 식당에 갔는데, 베트남 여인 두 명이 찾아오는 손님에게 정성을 다하고 있었다. 손님이 많아서 바쁜 상황인데도 그녀들은 봄처럼 환하게 웃었다. 그녀들이 궁금하고 배우고 싶어서 마음이 저절로 열렸다. 나의 네 번째 보리밟기다.

공부할 때 연애하듯 설렌다. 그래서 남자를 연인으로 만나는 것보다 공부가 더 재밌다. 모르는 것을 배우는 즐거움이 좋아서 지금도 공부 중이다. 누군가와 함께 성장하면 더 신난다. 내 인생의 첫 책 쓰기 덕분에 나를 안아주며 사는 길을 찾았다. 다섯 번째 보리밟기다.

나는 꿈을 쓰고 매일 성실하게 걸어왔다. 먼 미래에 있는 줄 알았는데, 지금이 되었다. 2022년 1월 1일에 꿈꾸던 북 카페 '지금 니 생각 중이야'를 오픈할 예정이다. 나와 누군가를 '안아주는 공간'이 될 것이다. 보문호수, 하늘, 벚꽃이 함께하는 풍광이 멋진 곳이다. 책모임, 글쓰기모임, 필사모임 그리고 내 책 출판 기념회도 소박하게 할 예정이다. 혹시나 그곳을 찾는 사람들이 많아지면 예약제로 운영하려고 한다. 그곳에서 나를 안아주는 것이 1번으로 중요하기 때문이다. 그래야 그곳을 찾아온 사람들에게도 안아주는 공간이 될 것이다. 내 마지막 보리밟기다.

손을 호호 불면서 오래도록 보리밟기를 했다. 매서운 추위를 견디며 깊고 단단해진 내가 참 고맙다. 또 어느 날 문득, 그때처럼 보리밟기를 떠날지도 모르지만.

안아주는 북 카페, 문이 열리다

경주에 '지금'이 운영하는 북 카페가 문을 열었다. '지금'은 오십에 지은 새로운 이름이다. '지금을 재밌게 살자'는 의미가 담겨 있다. 니코스 카잔차키스의 <그리스인 조르바>와 법륜 스님의 <지금 여기 깨어 있기>의 영향을 받았다. 오십이 넘어서야 나를 안아주며 사는 중이다.

북 카페 이름을 무엇으로 할지 오래 생각했다. 지금은 책방, 지금 좋은 책방, 윤슬 책방, 안아주는 책방이 우선순위로 정해졌다. 책이라는 글자에서 자유로워지지 않았다. 책안에 넣어두어야 책방 같았다. 북

지금 니 생각 중이야

카페를 책방에서 풀어주고 싶었다. 날개를 펼치고 어디든 갈 수 있는 책이기를 바랐다.

그래서 지어진 이름이 '지금 니 생각 중이야'다. 이야기가 있을 듯해서 좋다. 간판을 읽다가 문득 생각하게 될 것이다. 지금 나는 무슨 생각을 하는 중이지 하고. 이야기는 지금 끝이 아니라 계속 이어진다. 지금 생각으로 자신의 미래가 만들어질지도 모른다. 나는 그랬다.

'니 생각'은 누군가의 다양한 생각을 담는다. 연인, 친구, 가족, 밥벌이, 잠, 글쓰기, 책, 벨리댄스, 비 오는 날, 첫눈, 하늘, 벚꽃, 고통, 꿈, 죽음, 기도, 책 쓰기가 될 수 있다. 북 카페지기 '지금'은 그들의 생각이 궁금해서 귀를 열고 있다. 그래서 평생 책모임에 갔던 모양이다. 이제는 그들이 이곳으로 찾아오게 될 것이다.

'지금 니 생각 중이야'에 오면 이런 글이 첫인사를 건넨다.

– 이곳은 지금이 운영하는 조그마한 북 카페입니다. '지금 자신을 안아주는 따뜻한 공간'이 되면 고맙겠습니다!

22년 1월 1일에 문을 열었습니다. 그날 주인장 지금의 평생 꿈이 이루어졌습니다. 보문호수, 하늘, 벚나무와 함께 책모임을 진행할 예정입니다. 신청해 주세요!

저는 지금 함께 읽을 책 생각 중입니다.

당신은 지금 무슨 생각 중인가요? –

책모임 신청자가 3명 정도 들어오면 시작할 생각이다. 함께하는 분들이 많아지면 줌으로 하는 상황도 생길 것이다. 처음 책은 헨리 데이비드 소로우의 <월든>으로 정했다. 오십에 시작한 혼자 살기에 군불이 되어준 고마운 책이기 때문이다. 내가 그랬듯이, 책모임을 함께 하는 분들에게 군불이 될지도 모른다.

소로우가 월든에서 책을 쓰듯, 나는 보문호수에서 북 카페를 찾아온 방문객의 이야기가 담긴 <지금 니 생각 중이야>를 쓰는 중이다. '방문객 이야기'가 출간되면 독자들은 '자신을 안아주는 시간'을 혜택으로 받게 될 것이다. 나에게는 북 카페에서 초고를 쓰는 시간이 '나를 듬뿍 안아주는 고마운 시간'이었기 때문이다. 두 번째 책이 출간되면 글쓰기 모임도 시작할 예정이다. 그때는 "지금, 우리는 글을 쓰면서 나를 안아주고 있습니다"라는 나의 비전이 살아서 움직이게 될 것이다.

지금 니 생각 중이야

북 카페에 있는 책들은 '지금'의 집에 있던 책이다. 카테고리를 분류해서 각 방마다 이름을 붙였다. 글쓰기 생각, 책 쓰기 생각, 김훈 생각, 신영복 생각, 조정래 생각, 스님 생각, 니체 생각, 헤세 생각, 소로우 생각, 시 생각, 구본형 생각, 박노해 생각, 사마천 생각, 밥벌이 살리기, 몸과 마음 살리기, 교육 등이 있다. 소설과 에세이는 우리나라와 외국으로 나누었다.

가장 감동적인 곳은 스승님과 문우들 생각이다. 여기는 수필쓰기와 책 쓰기의 스승님이신 두 분의 책 그리고 문우들 책이 사는 공간이다. 고마운 마음을 담아 자리를 마련했다. 여기에 앞으로 출간될 동기들 책이 함께하게 될 것이다. 지금은 김옥희 님의 <푸른 문>이 동기들 책이 오기를 기다리고 있다. 다음은 최예신 님이 오지 싶다.

북 카페에 오면 '지금'이 추천하는 새 책과 헌책도 살 수 있다. 그런데 판매하는 책은 조금만 준비되어 있다. '판매하는 책방'이 아니라 '책으로 군불을 지피는 책방'이 되고 싶은 북 카페지기 마음이다. 그냥 북 카페에 있는 책을 자유롭게 읽는 시간을 선물로 주고 싶다. 그래서 책모임 회원들에게는 도서관처럼 책을 빌려준다. 주인장 '지금'이 하는 1일 1필사도 읽을 수 있다. 방문객을 위한 필사공책도 있어서 '누군가와 함께 마음을 나누는 장'이 되고 있다.

북 카페지만, 꼭 책을 읽지 않아도 괜찮다! 그것이 무엇이든 자신을 안아주는 일이면 좋겠다. 안락의자에 앉아서 잠들었던 분이 꽤 있었다. 나는 그때마다 북 카페가 자신을 안아주는 공간이 된 듯해서 무척 기뻤다. 북 카페는 저절로 멍때리기가 되는 곳이다. 햇살, 보문호수, 하늘, 벚나무의 풍광이 멋져서 시간을 잊게 한다. 하얀 무명 커튼이 좋아라 웃고 있고 꽃자수 티매트 위에 음료가 정성스럽게 준비되어 있다. 커피는 30년 장인이 블렌딩한 콩으로 만든다. 내가 먹어본 커피 중에서 가장 맛있어서 선택했다. 이곳에 오는 분들에게 맛난 커피를 대접하고 싶은 주인장의 마음이다.

그런데 주인장 손이 많이 느려서 마음이 급한 손님은 불편할 수 있다. 그래서 메뉴판 옆에 이런 이야기를 썼다.

~~울 엄마가요. 칠남매를 낳았는데요.
보다보다 나같이 손 느린 사람은 못 봤데요.
기다려주시면 정성스럽게 만들어 드릴게요~~

지금 니 생각 중이야

엄마 이야기 덕분에 고맙게도 손님들이 웃으며 기다려주신다.

따뜻하게 손을 잡아준 사람들 덕분에 북 카페를 열었다. 1등공신은 작은아들이다. 몸이 고장 나서 힘쓰는 일이 가장 어려운데, 작은 녀석이 열 머슴 몫을 다 해 주었다. 이 녀석을 믿고 시작했는지도 모른다. 아들은 힘든 내색도 없이 방글방글 웃으며 꿈을 이룬 것을 축하하는 덕담까지 보태주었다.

'지금 니 생각 중이야' 오픈준비를 하며 가슴이 마구마구 뛰었다. 그런데 다 처음 하는 일이고 손과 머리가 많이 느렸다. 설상가상으로 몸까지 아픈 곳이 많아서 통증과 고군분투했다. 모르니 시작했나 보다. 이번에도 내 무모함은 꿈을 이루는데 큰 기여를 했다.

북 카페를 시작하며 윤동주의 '쉽게 씌어진 시'가 계속 생각났다. 매일 살아내기가 이토록 어려운데 글은 쉽게 써져서 내 삶이 아닌 거짓 글을 쓰는 듯했다. 힘든 날에 글이 더 쉽게 써지는 것은 글쓰기로 마음의 길을 냈기 때문이리라. 글쓰기 덕분에 지금도 웃으며 산다. 오늘은 북 카페서 글을 쓰는데 행복해서 눈물이 났다.

"책 쓰기야 고맙다. 니 덕분이야"

나를 안아주는 북 카페에서 첫 책 원고를 퇴고할 것이다. 아마도 올해가 다 가기 전에 첫 책이 출간되어, 북 카페에서 소박한 출판기념회를 하지 싶다.

혼자만의 공간에서 밖으로 나와서 방문객들과 소통하는 중이다. 5년이 지나고 내 인생의 첫 책을 나에게 선물로 주고 나니 충만하다. 지금을 고맙게 사는 온기로 방문객들을 품어주고 있다. 안아주는 북 카페, '지금 니 생각 중이야'에서 책을 땔감 삼아 서로에게 군불을 지펴주는 공간을 만들고 있다.

저지른다

글을 쓰는 이유는
자신이 미쳤다는 사실을 받아들이며,
어리석은 일에 빠지기 보다는 이 사실과 관련된 무언가
를 하려 한다.
- 나탈리 골드버그 <뼛속까지 내려가서 써라> 중에서

뼛속까지 내려가서 쓰는 것은 내면의 본질적인 외침을 적는 것이란다. 쉽게 할 수 있는 일은 아니다. 자신의 본질적인 외침이 무엇인지 모르는데, 어떻게 듣고 글로 쓴단 말인가. 그래도 나는 본질적인 외침을 적으라는 나탈리 골드버그의 말이 참 좋다!

책을 읽기 전에는 그냥 쓰는 것이 좋아서 써온 줄 알았다. 그런데 지금은 내면의 본질적인 외침을 듣고 싶어서 글을 쓴 듯하다. 이것만으로도 <뼛속까지 내려가서 써라>의 독자혜택은 충분히 받았다. 내 목소리를 듣고 싶은 이유는 나답게 살고 싶기 때문이다.

나는 '본질'이라는 말이 어려웠다. 그래서 책 쓰기 사부님께서 본질만 쓰라고 했을 때 무슨 말인지 이해하지 못했다. 그런데 지금 생각해보니 본질의 외침을 들으며 살아온 듯하다. 내 본질적인 외침이 평생 글 쓰는 사람으로 살게 하고, 보문호수 윤슬이 반겨주는 이곳에 북 카페를 열게 했다.

본질적인 외침은 무엇일까? 문득 구본형 선생님이 쓰신 "자기를 가꾼다는 것은 치장하는 것이 아니라, 자기답지 않은 군더더기들을 쳐내고 덜어내는 것이다."가 떠오른다. 다 덜어내고 다 쳐낸 뒤 마지막에 남는 것, 그것이 본질이지 싶다. 내 눈앞에 보이는 겨울나무를 닮았을지도 모른다.

올해는 겨울나무가 참 좋았다. 처음이었다. 겨울의 멋을 아는 나이가 되었나 보다. 화사한 봄꽃이 나 같고, 열정적인 여름 숲이 나 같고, 붉은 단풍이 나처럼 보일 때가 그리 오래 되지 않은 듯한데, 나는 겨울나무와 가까워지고 있다. 그러나 내 나이가 겨울이 되어도 겨울나무처럼 살아내지는 못하지 싶다.

겨울나무는 때가 되면 아무렇지도 않게 다 놓아버린다. 내가 이런 모습을 흉내 낸다면, 성인의 경지에 오를 것이다. 나는 범부중생이라서 그저 매일 글을 쓰면서 본질을 찾아서 길을 떠날 뿐이다. 나탈리 골드버그의 표현을 빌리자면, 내면의 본질적인 외침을 들을 수 있는 시간과 공간을 매일 만들어 주는 것이다. 그러면 내 가슴에서 나오는 소리와 멀어지지 않고 그 언저리에서 살아낼 수 있으리라.

<뼛속까지 내려가서 써라>에서 가장 마음에 와 닿았던 문구는 "글을 쓰는 이유가 자신이 미쳤다는 사실을 받아들이며, 어리석은 일에 빠지기 보다는 이 사실과 관련된 무언가를 하려 한다."는 것이다. 나도 내가 미쳤다고 생각할 때가 많다. 어느 시인의 말처럼 나도 안전하게 저지르기 위해 매일 글을 쓰고 있는 모양이다.

"봄이니까 하나 저질러 줘야지."

친구가 말했다. 나는 봄을 핑계 삼아 저질렀다. 그러나 내 저지르기는 봄이 끝나도 계속 되었다. 꿈에 대한 간절함 때문이었다. 나는 아마도 꿈을 저지르며 꿈길을 걷다가 떠날 것이다.

누군가는 꿈이 없어서 헛헛하다고 하던데, 나는 꿈이 간절해서 힘들었다. 그러나 그게 나인 것을 어쩌랴. 꿈 때문에 가슴이 뛰었다. 꿈은 나이와 능력을 잊고 모르는 일에 도전하게 했다. 겁이 많고 몸도 아프지만, 그것을 넘어섰다. 감당할 능력도 없으면서 자꾸만 저질렀다.

신영복 선생님은 70을 가진 사람이 100의 자리에 앉는 것은 '실위'라고 했다. 그런데 나는 10을 가졌는데 100의 자리에 도전한다. 그러니 일찍 죽을지도 모른다. 이것은 그냥 미친 짓이다. 무엇을 믿고 그리 미쳐서 사는 걸까. 개뿔, 아무리 찾아봐도 믿을 건 하나도 없다. 그저 꿈 때문이다.

오늘도 꿈이라는 놈에게 홀려서 미쳤다. 그래서 지금, 글을 저지른다.

지금 니 생각 중이야

덕분입니다

글쓰기는 어떠한 속임수도 허용하지 않는다.

자신이 가장 좋은 모습이 되었을 때에야 가장 좋은 글을 쓸 수 있다.

– 헨리 데이비드 소로우 <월든> 중에서

하늘이 참 예뻐서 하늘바라기를 했다. 양산에서 온 연인이 오래도록 호수풍경을 보며 알콩달콩 사랑을 나누었다. 그들의 풋풋함이 보기 좋아서 나도 젊어지는 샘물을 먹는 듯했다. 언제보아도 젊음은 그 자체만으로 참 좋다! 그래서 작은아들이 카페를 도와주는 날은 방문객들이 더 많이 오는가 보다.

내가 청춘일 때는 그 시절이 좋은지 모르고 빨리 나이 들기를 바랐다. 지금도 누군가는 참 좋은 때라 며 부러워하는 나이다. 나는 오십대가 아니라 '지금' 을 살고 싶다. 친구가 말하는 '언제나 제철'이다. 내 눈엔 늘 청춘인 그 친구가 모닝커피를 마시러 울산에 서 1시간을 달려서 왔다. 맛있게 커피를 먹고 김훈의 <바다의 기별>과 정유정의 <진이, 지니>를 사가지고 갔다. 친구가 북 카페에 남기고 간 마음이 보문호수 의 윤슬처럼 빛나고 있다.

어제는 경주독서모임의 느티나무님들이 오셔서 군불을 지펴주고 갔다. 내 일처럼 기뻐하고 축하해주 는 마음이 참 많이 고마웠다. 내가 좋아하는 책 <아 낌없이 주는 나무>처럼 오래도록 아껴주고 품어주었 다. 이번 주 일요일에 그분들과 함께 내 북 카페에서 대니얼 카너먼의 <생각에 관한 생각>으로 함께 독서 모임을 하기로 했다. 그분들 덕분에 경주에서 5년 동 안 따뜻한 겨울나기를 했다. 어제 주고 간 온기로 남 은 겨울도 아랫목이지 싶다.

엄마 같은 언니가 북 카페 일을 도와주고 있다. 야 간고등학교에 다닐 때 언니를 처음 만났으니, 우리는 40년이 다 되어간다. 언니는 내가 아이를 낳았을 때도 한걸음에 달려와서 친정엄마처럼 나를 품어주었다. 평생 꿈인 북 카페를 오픈하고 난 뒤에도 언니 덕분에 마음 놓고 아이처럼 좋아라 까불며 난생처음 하는 일을 재밌게 하고 있다. 언니는 누군가의 손길이 간절히 필요한 순간에 '짜잔'하고 나타나서 뭐든 다 해준다.

오늘 언니와 함께 카페 선반에 책을 꽂았다. 북 카페를 오픈하는데 머슴 역할을 해준 고마운 작은 아들이 제안한 방법이다. 조그마한 카페라서 책을 더 둘 곳이 없어서 아쉬웠는데 선반을 활용하니 충만하게 책이 채워졌다. 카페 바에서 일할 때 선반에 있는 책이 한눈에 들어와서 좋다. 내 인생이 담긴 소중한 책들이다. 선반 위에 책들이 한 권씩 나에게 말을 거는 듯하다. 그때는 방송통신대학교를 다니며 배가 막 고파지는 허기를 채웠었지. 아이들을 만나서 글쓰기를 하며 최강비타민을 듬뿍 먹었었지. 수필 쓰기를 하며 연애하듯 글을 썼지…… 그렇게 살아온 나 덕분에 지금도 봄처럼 웃으며 살고 있다.

그동안 매일 썼던 필사와 방문객이 남긴 필사를 블로그에 올렸다. 방문객 마지막 필사는 오늘 다녀가신 보문호수 강태공이다. 보문호수에서 10년 넘게 사셨는데, 오늘 산책하다가 마음이 이곳으로 끌려서 오셨단다. 내공이 깊어 보이는 그분이 북 카페를 살리는 귀한 덕담을 선물로 주고 가셨다.

'덕분에'의 1번은 독서삼매경에 빠져 있는 언니다. 혼불 문학상을 받은 <홍도>를 읽고 있다. 나는 언니 옆에서 방문객 이야기를 쓰는 중이다. 이렇게 언니와 함께 보낼 수 있는 지금이 참 고맙고 행복하다.

누군가 준 마음 덕분에 '안아주는 공간'이 되었다.

"덕분입니다! 대빵 많이 고맙습니다!"

지천이 봄이다

그는 자유로운 글쟁이가 되어
가을 하늘을 지나는 푸른 바람처럼 살았다.
늘 막연하게 '하고 싶다'고 생각만 하던 그 일을,
늘 미뤄만 오던 '진짜 삶'을 비로소 시작한 결과였다.

- 구본형 <나에게서 구하라> 중에서

처음 보는 꽃에 홀려서 북 카페로 데리고 왔다. 산에서 바로 내려온 듯한 아이들의 이름이 궁금해서 꽃집 주인장에게 물어보았다. 하얀 꽃은 설유화이고 꽃말은 애교다. 분홍 꽃은 산당화이고 꽃말이 겸손이란다. 애교부리는 설유화, 겸손하게 피어나는 산당화와 함께 북 카페의 아침을 열었다.

전라남도 광주에서 경주여행을 온 젊은 연인이 첫 손님으로 들어왔다. 나는 혼자 생각했다.

'우와 봄이다!'

책을 좋아하는 여자 친구를 위해 청년이 검색을 해서 오게 되었단다. 북 카페를 오픈하고 오늘 방문객과 가장 많은 이야기를 나누었다. 봄이 나에게 질문을 많이 했기 때문이다. 나는 방문객들 좋은 시간에 방해가 될까 봐 질문을 하지 않으면 그들의 시간에 참여하지 않으려고 한다. 내가 카페를 갔을 때 주인 장이 나와 동행한 사람처럼 깊게 들어오는 것을 좋아하지 않아서다. 방문객들이 무엇을 원하는지는 모른다. 그저 내가 누군가에게 원했던 배려를 하는 것뿐이다.

이곳을 나처럼 좋아하는 봄이 많이 고마웠다. 그들이 사랑스럽게 책을 읽는 풍경을 뒤에서 바라보며 나도 덩달아 행복했다. SNS에 올려도 되는지 물어보고 허락을 받아서 뒤태를 찍었다. 오래도록 기억할 기분

지금 니 생각 중이야

좋은 풍경이다. 고맙게도 봄이 방문객필사까지 남겨 주었다. 그녀도 청년이 오늘 선물한 북 카페 덕분에 봄이었을 것이다.

광주 청춘커플 책 읽는 뒤태

행복한 분위기가 채워진 따뜻한 카페 입니다.
좋은 자리. 편한 의자에서 좋은 향이 나는 커피를
마시며 쉬다 갑니다.
여행 중 좋은 시간을 만들어 주셔서 감사합니다.

2022. 2. 11.   광주 커플 YJ ♡MJ

광주 청춘커플이 남긴 필사

오후에는 어여쁜 아가씨가 와서 봄을 주고 갔다.

그녀는 호수를 보며 밖에서, 나는 카페 안에서 오래
도록 함께 책을 읽었다. 다른 공간에서 다른 책을 읽
었는데, 같은 곳을 바라보는 듯 따뜻했다. 가끔 그녀
의 뒷모습을 보며 춥지 않을까 걱정이 되었다. 사진
은 그녀가 인스타그램에 올린 것이 좋아서 캡처했다.

　단짝으로 보이는 아가씨 두 명이 들어왔다. 한 아가
씨가 '우와우와' 하며 첫인사를 건넸다. 나도 '우와'라
는 말을 잘 써서 그녀의 마음이 저절로 이해되었다.
지금까지 북 카페를 찾아온 사람 중에서 감탄사를 가
장 많이 써준 고마운 방문객이었다. 그녀는 북 카페
에 있는 모든 것들을 정성을 담아서 하나씩 들여다보
며 '우와'라는 말로 반갑게 인사했다. 마치 가장 소중
한 것을 만난 듯 좋아했다. 세어보지 않아서 모르지
만, 우와를 참 많이 했다. 그녀의 마음이 많이 고맙고
또 고마웠다. 나에겐 그런 그녀가 '우와우와'였다.
　'우와'와 함께 온 친구는 우와에게 믿는 구석이 있
는 친구로 보였다. 그래서 우와의 친구에게 '믿는 구

석'이라는 필사를 선물로 주었다. 누군가에게 믿는 구석이 되는 것은 참 어려운 일이다. 나에게 그녀는 '믿는 구석'이 되었다. 그녀가 자신에게도 믿는 구석이 되면 좋겠다. 이미 그럴지도 모른다. '우와'에게는 그냥 눈 감고 쉬는 시간을 선물로 주고 싶어서 '안도와 안일 사이'를 필사해서 주었다. 나처럼 우와를 좋아하는 사람이라서 마음이 전해졌을 것이다.

'우와'와 '믿는 구석'은 오래도록 함께 책을 읽었다. 허혁의 <나는 그냥 버스기사입니다>, 정순재의 <다 그렇게 산대요>, 박경리의 <버리고 갈 것이 남아서 참 홀가분하다>, 도종환의 <흔들리며 피는 꽃>, 조원재의 <방구석미술관>을 읽었다. 그중에 완독한 책도 있고, 마음에 와 닿지 않아서 그만둔 책도 있다. 각자 완독을 2권씩 한 것으로 안다. 나는 신나서 그녀들에게 완독 축하선물을 주었다. 아주 소박한 선물인데, 아이처럼 좋아하는 그녀들 덕분에 내가 마치 선물을 받은 것 같았다.

'우와'와 '믿는 구석'이 버스기사의 애환이 마음에 끌리고, 버리고 떠나는 박경리 선생님의 마음에 가 있는 것이 참 고마웠다. 우와가 <나는 그냥 버스기사입니다>를 읽을 때 소리 내어 웃었던 부분이 궁금해서 물어보았는데 '남편이라는 것들'이었다. 아직 결혼도 안 했는데 그 마음을 어찌 알고 공감하나 싶었는데, 아버지와 닮은 점이 많아서 웃겼단다.

그녀들이 남긴 방문객필사에서 '근디, 어쩌라구요?'와 '고민은 잠시 잊고 아름다운 청춘을 보내고 싶은 마음'을 본다. 그렇게 되었으면 좋겠다. '우와'와 '믿는 구석'이 봄 햇살처럼 나에게 쏟아져 들어왔다. 그녀들 덕분에 신났고 감동해서 눈물 났다. 벌써 또 보고 싶어진다.

친구가 매화사진을 선물로 보냈다. 매화를 보니 내가 생각났단다. 올해 처음 만난 매화다. 북 카페를 열지 않았다면 매화를 보러 여행을 자주 떠났을 것이다. 지금은 멀리 찾아가지 않아도 지천이 봄이다! 내 마음에 봄이 왔는가 보다. 늘 미뤄만 오던 진짜 나로 살고 있는 모양이다.

'우와'와 '믿는 구석' 책 읽는 뒤태

지금 니 생각 중이야

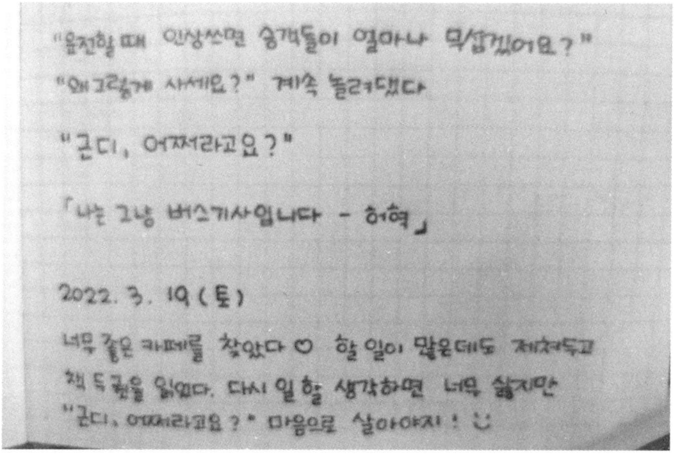

'우와'의 방문객필사

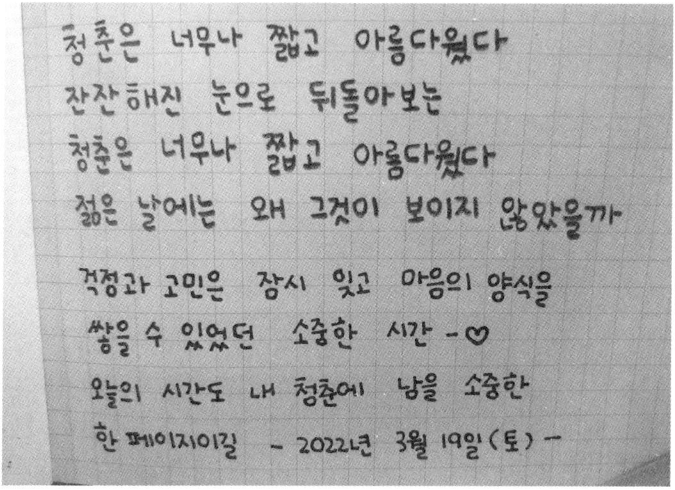

'믿는 구석'의 방문객필사

잠시 나를 안아주고 돌아오겠습니다

오래도록 키웠던 꿈이 하나 이루어졌다. 안아주는 북 카페, '지금 니 생각 중이야'에서 첫 책모임을 했다. 나에겐 특별한 의미가 있는 고마운 날이었다. 평생을 소풍 가는 아이처럼 신나서 책모임을 찾아갔다. 책모임에서 꿈이 자랐다. 내가 만든 북 카페에 누군가를 초대해서 책을 땔감 삼아 서로에게 군불을 지피는 꿈이었다. 첫 모임은 나를 따뜻하게 품어준 <월든>으로 하고 싶었다. <월든>이라면 책모임에 함께하는 분들에게도 아랫목이 되리라 믿어졌다.

첫 책모임은 내가 진행했다. 토론하고 싶은 발제문은 미리 밴드에 올렸다. 책모임 운영 이야기와 회원

혜택도 공지했다. 발제문은 다 하는 것이 중요하지 않아서 주어진 시간만큼만 하고 남은 것은 가볍게 버렸다.

책모임 운영이야기

⊙ 1번으로 '나를 안아주는 책모임'이기를 소망합니다.
덤으로 책모임 회원들이 책을 땔감 삼아 서로에게 군불을 지펴주면 고맙겠습니다.

⊙ 책모임 회원들이 발제자가 되어 진행합니다.
발제자는 할 때마다 바뀌고, 자발적으로 맡아서 하고, 주제 도서를 선정하고, 발제문 작성해서 책모임 하루 전까지 밴드에 올리고, 참석하는 수만큼 발제문 인쇄해서 가져옵니다

⊙ 지금은 비공개로 운영해보고 싶습니다.
북 카페를 방문한 분들과 책모임 회원들 추천으로 신청 받고 있습니다

⊙ 고요한 밴드가 되어도 좋으리라 생각합니다.
너무 시끄러운 SNS가 많아서입니다. 혹시나 나를 안아주는데 방해가 된다면, '지금독서밴드'도 무음으로 해두길

추천합니다. 북 카페지기 '지금'이 좋아서 매일 올리는 마음 챙김 시는 모른 척 읽지 않아도 괜찮습니다. 주변을 보면 마음은 없는데, 분위기를 맞추느라 숙제처럼 SNS활동을 하는 경우도 꽤 있기 때문입니다.

'지금독서'밴드에서는 댓글과 좋아요는 하고 싶을 때만 가볍게 하시면 좋겠습니다.

공지사항은 읽어주시고 책모임 운영에 필요한 경우에는 댓글 부탁드립니다.

◉ 매일 마음 챙김 시를 밴드에 올리고 있습니다.

나를 안아주는 시간이 되기를 바라는 북 카페지기 '지금'의 마음입니다. 시, 하늘, 빗소리, 윤슬이, 개구리소리, 노을이, 달 등 저를 잠시 안아주었던 이야기를 올리고 있습니다. 그러나 읽지 않는 것이 나를 안아주기가 된다면 모른 척 보지 않기를 추천합니다.

◉ 직장인을 위한 평일 저녁 책모임입니다.

주말엔 가족과 함께 또는 책이 아니라 다른 무엇으로 나를 안아주기를 원하는 분들에게 좋지 싶습니다. 예를 들면 멍 때리기, 잠자기, 혼자 여행가기, 보고 싶은 사람 만나기, 술 먹기, 수다 떨기, 영화보기, 글쓰기, 춤추기, 드라마 몰아서 보기 등이 될 수 있겠지요.

지금 니 생각 중이야

⊙ 책을 안 읽고도 가볍게 소풍 오는 공간이면 좋겠습니다.

누군가 살아온 이야기를 듣는 시간이 책모임의 백미라고 생각합니다. 저는 10명의 이야기를 들으면, 살아있는 책 10권을 읽은 듯 고맙고 충만했습니다. 먼저 듣고 마음이 원하시면 나중에 때가 되어서 주제 도서를 읽게 되어도 좋고, 읽지 않고 책모임 할 때 회원들이 들려준 이야기만 마음에 담아도 괜찮지 싶습니다.

⊙ 책모임 이틀 전까지 참석투표 부탁드립니다.

발제문 인쇄, 먹거리 준비, 앉을 자리 마련에 도움이 됩니다.

⊙ 공간이용료는 만원(현금으로)이며 음료+알파 제공됩니다.

넉넉하게 준비하겠습니다. 퇴근 후 저녁 드실 시간이 없는 분들은 그냥 가볍게 오세요. 현금준비 불편한 분들은 계좌이체도 괜찮습니다.

책모임 회원혜택

1. 책을 땔감 삼아 나를 안아주기
   덤으로 책을 땔감 삼아 책모임 회원들에게 군불지피면 더 좋겠습니다.
2. 모든 메뉴 천원 할인(책도 포함)
3. 북 카페 있는 책대여(대여기간은 2주일)

4. 문학기행(횟수는 나중에 의논해서 정할 예정임)
5. 주인장 쉬는 날 장소무료이용(설거지와 청소해주기)

<월든> 발제문의 일부분이다.

● 미래를 위해서 지금을 희생했던 경험에 대해서 이야기 나
　누어 보아요.
- '가난한 문명인'이 진보적인 혜택을 누리는 사이, 이를
　가지지 못한 미개인들이 오히려 더 풍족하게 살고 있는
　이유는 무엇일까? 제대로 된 집 한 채를 마련하기 위해
　삶의 절반을 투자하고 있다. 미래를 대비하고자 하는 성
　향은 문명인과 야만인의 중요한 차이점이라고 할 수 있
　다. 문명인이 삶을 하나의 제도로 만들고, 개개인의 삶
　을 그 제도에 흡수시키기로 한 것은 인류의 삶을 보존하
　고 완벽하게 만들기 위함이었다. 하지만 나는 그런 이득
　을 얻기 위해서 우리가 얼마나 큰 희생을 치르고 있는지
　를 밝히고, 나아가 그런 희생을 하지 않고도 오로지 이
　득만을 누리면서 살 수 있는 생활이 가능하다는 점을 소
　개하고자 한다. '아버지가 시큼한 포도를 먹으면 그 아
　들의 이도 시큼해진다.'는 말이 무슨 뜻이겠는가? (43,
　44쪽)

● 소로우는 머리가 아니라 몸으로 겪으며 알게 되는 것은 불

멸의 교훈이라고 말했습니다. 저도 그랬습니다. 자신을 변
화시킨 경험을 듣고 싶어요.

– 가난에 찌든 학생들조차 정치경제학을 배우고 익히지
만, 철학과 마찬가지인 진짜 생활을 위한 경제학은 우리
대학에서도 진지하게 가르치지 않는다. 그 결과 가난한
학생이 애덤 스미스와 데이비드 리카도 그리고 장 바티
스트 세의 책을 읽는 동안, 그 아버지는 벗어날 수 없는
빚의 수렁에 빠지고 만다. (71쪽)

● 무논에서 개구리소리를 들으며 참 행복했습니다. 빗소리,
귀뚜라미 소리, 여름밤 풀벌레소리, 아침에 집 앞에서 지
저귀는 새소리, 하늘, 달, 별, 호수, 바다, 나무, 바람, 새싹
이, 꽃 등을 좋아합니다. 여러분이 좋아하는 자연의 소리
나 풍경이 궁금합니다.

– 보슬비가 세상을 적시는 사이, 나는 이런저런 생각에 잠
겼다. 그리고 대자연 속에서 내리는 빗소리와 집 주변의
온갖 소리와 풍경 속에 달콤하고 다정한 벗이 있음을 깨
달았고 나를 지탱해주는 대기처럼 무한한 친밀감을 느
꼈다. 조그만 솔잎 하나하나가 공감대를 이루면서 크게
부풀어 올라 내 벗이 되었다. (181, 182쪽)

● 언젠가부터 관계를 떠올리면 '나와 나 사이'가 먼저 생각납
니다. 오십이 넘어서야 나와 따뜻한 관계를 시작했습니다.

소로우는 고독이 편한 친구라는데, 사실 저도 그렇습니다.
여러분은 자신과 어떤 관계인가요?

- 너무 자주 만나다 보면 서로를 통해 새로운 가치를 얻을
여유가 없다. 함께 식사한다는 이유로 세 번이나 만나서
퀴퀴한 곰팡이 냄새가 나는 치즈를 내미는데, 그 치즈는
바로 우리 자신과 같다. 그럼에도 지나치리만치 잦은 만
남을 견디고 상대와 다투지 않기 위해서 예의범절이라
불리는 일정한 규칙에 따라야 한다. (187쪽)

● 소로우의 오두막에 온 방문객이 노란 호두나무 잎사귀에
적어둔 시구를 읽으며 환대란 이런 것이 아닐까 생각했습
니다. 환대받은 경험, 빗장을 저절로 열게 하는 사람에 대
해서 이야기 나누어 보아요.
그곳에 도착해,
자그마한 오두막을 채운다
아무도 없는 곳이니
아무런 대접도 기대하지 않는다
휴식이 곧 향연이며
모든 게 자유롭게 흘러간다.
- 스펜서 <페어리 퀸> (197쪽)

● 소로우는 인간이 스스로 경계를 만들고, 운명이 결정지어
졌다고 믿고, 한곳에 안주하지 않기를 바라고 있습니다.

지금 니 생각 중이야

여러분 생각은 어떤가요?

- 기러기는 인간보다 훨씬 세계적인 모양이다. 캐나다에서 아침 식사를 하고 오하이오에서 점심을 먹고 남부의 강어귀에서 깃털을 다듬기 때문이다. 들소조차 어느 정도 계절에 발을 맞추면서, 콜로라도 강가 초원에서 풀을 뜯어 먹다가 옐로스톤 강가에 더 푸르고 맛있는 풀이 자라면 곧바로 자리를 옮긴다. 하지만 인간은 울타리를 허물고 농장 주위로 돌담을 쌓고 난 후부터는 우리 삶에 경계가 만들어졌고 운명이 어느 정도 결정지어졌다고 생각한다. (439쪽)

● 그냥 묻어가지 않고 소로우처럼 의도적인 선택을 하는 것에 대해 어떻게 생각하나요? 의도적인 선택을 했던 경험에 대해서 나누어 보아요.

- 내가 숲속으로 들어간 이유는 인생을 의도적으로 살아보기 위해서였다. 내가 바라는대로 삶의 본질적인 사실에 직접 부딪혀가면서 인생의 가르침을 터득할 수 있는지 알고 싶었다. 또한 죽음을 목전에 두었을 때 헛되이 살아온 것을 후회하고 싶지도 않았다. 나는 삶이 아닌 삶을 살고 싶지 않았다. 삶이란 무엇보다 소중하기에 불가피한 일이 아니라면 이런 목표를 제념하고 싶지 않았다. 나는 깊이 있는 삶을 살고 삶의 정수를 완전히 내 것으로 만들고 싶었다. (444, 445쪽)

봄비가 촉촉이 내리던 날, <월든>을 땔감으로 첫 책모임을 재미나게 했다. 책모임 회원들 덕분이었다. 함께 해주신 마음이 무척 고맙고 소중했다. 진영님이 첫모임 축하케이크에 담은 마음도 고마웠다. 내가 책모임을 좋아하는 이유는, 누군가의 이야기를 듣는 것이 좋기 때문이다. 이번에도 그랬다.

내 기억을 믿을 수가 없어서 책모임 회원들이 들려준 귀한 이야기를 여기에 그대로 옮겨 적지는 못하지만, 마음에 소중하게 담았다. 책모임 할 때 손이 부지런해지는 것보다는 귀를 열고 눈을 마주치며 마음으로 듣고 싶어서 메모하지 않았다.

그런데 히스 님의 인생 책 <톰소여의 모험>이 자꾸만 생각난다. 히스 님은 책모임에서 처음 만난 분이다. 처음은 안다는 프레임에서 자유로워서 그런지도 모른다. 마르고 닳도록 200번을 넘게 읽으며 책에 담았을 그분의 인생이야기가 더 듣고 싶었다. 마음이 전해졌는지, 자발적으로 발제자가 되어 다음 책모임 때 <톰소여의 모험>을 진행해 주기로 했다. <톰소여의 모험>으로 들려줄 이야기가 궁금하다.

책모임 이름은 '지금독서'로 정해졌다. 이름을 선물

로 준 키쿠 님이 고마웠다. '지금독서'를 생각하니 느낌이 좋다! 회원들이 이름에서 자유로워져서 '지금독서'가 아니라 '지금 나를 안아줘도' 좋으리라. 책모임 하는 날을 매월 1번, 셋째 주 화요일에 하기로 정했다. 앞으로 3개월 동안 함께 나눌 주제도서와 발제자도 미리 정했다. 회원들이 여유롭게 책을 읽으면 좋을 듯해서 그리했다. 다들 직장에 다녀서 바쁜 시간에 짬을 내어 책을 읽어야 하기 때문이다.

책모임 밴드 이름과 커버 사진에 대해 오래 생각했다. 밴드 커버는 따뜻한 기운이 듬뿍 담긴 그림으로 선택했다. 블로그 이웃 '한신비'님 작품이다. 써도 되는지 물어봤는데 기쁘게 허락해주셨다. 한신비님께 많이 고마웠다. 그녀도 자신을 안아주고 싶어서 이 그림을 그렸다고 한다.

밴드이름은 '잠시 나를 안아주고 돌아오겠습니다!' 로 정했다.

잠시 나를 안아주고
돌아오겠습니다!

이름처럼 책모임 회원들을 안아주는 공간이 되기를 소망한다.